海濱散記

丘樹華◎著

用心記下與大海的每一場邂逅，
一連串的海濱奇異旅程正要開始……

推薦序

用海洋洗滌心靈

◎汪啟疆（海洋詩人，備役海軍中將）

海上生活，特別是軍艦上的生活，對少年乃至青年學生而言，是充滿好奇心的領域。台灣四面環海，十七世紀荷蘭人駕船抵達時，不禁發出「婆娑之洋、美麗之島」的讚嘆。在二十一世紀的今天，海軍已成為保衛國家安全最主要的力量，不分寒暑、不畏艱險，長期在海上巡弋，維護航運暢通，確保周邊海域寧靜。數十年來，無論是有效嚇阻、預防戰爭、外島運補、海難救護……海軍官兵立下了汗馬功勞。

擔任海軍幹部是相當辛苦的工作，必須承擔全艦航行安全、戰備訓練、裝備保養、人員管理等一切責任。不管在風平浪靜中，或者惡劣海象裡，都必須圓滿達成任務。因此，在艦隊官兵的生活中，可說是一次又一次的冒險旅程。

既然海上生活充滿了冒險，必定會發生許多扣人心弦的故事。本書作者丘樹華先生，將個人的海上經驗，以流暢的文筆，提供年輕朋友分享，難能可貴。在茫茫的大海中，娓娓訴說特別的經歷，運用清新的筆觸，描繪海洋的景色，引人入勝。知性的內容，可讓讀者吸收海上生活常識，引領朋友們進入一個完全陌生的領域，又可豐富個人的想像力。

國內海洋文學的作品較少，在海濱默默記錄美景，抒發熱愛海洋情懷的作品更少。筆者多年來以海洋為主題，從事新詩及散文創作，鼓勵青年接近海洋，是一種發自內心的使命感。細讀丘樹華先生的《海濱散記》，喚起筆者的高度同感與對海洋的思念，作者筆鋒穩健，完成值得再三品味的海洋文學大作，與《迎風巡航——拉法葉艦航海日誌》風格不同，但異曲同工。我們同居住在毗鄰海洋的島嶼上，《海濱散記》引領大家認識多情而美麗的海洋，且讓大家用海洋來洗滌心靈吧！本人樂於推薦。

自序

海濱奇異旅程

◎丘樹華

在海上工作多年後，有機會用幾年的時間，在岸邊從事其他工作，凝視我所熟悉的海洋，隨艦出海，成了偶爾為之的工作。然而，每天的生活仍然與海洋有著密切關係，只要一抬頭，便能望見大海。幾年來，用心記下與大海的每一場邂逅，完成這本《海濱散記》，它是一本散文集，也是在海濱的深刻心靈記事。

十九世紀時，美國文學家「亨利．梭羅」完成《湖濱散記（Walden）》。

梭羅在華爾騰湖畔，隱居兩年又兩個月，詳細記載簡樸的田園生活，漫遊在廣袤的花園裡，啜飲大自然溫柔的感化和崇高的啟示。筆者在海濱的生活恰與梭羅的獨居生活相反，熱鬧而忙碌，但海洋對筆者心靈的啟發，與湖泊對梭羅的影響相同，都在大自然中，聆聽生活中的啟示，並體驗真、善、美的人生。

「加入海軍環遊世界」這句話，常出現在世界各國海軍的招募廣告中，吸引青年男女投入大海的懷抱。海上的風光絢麗，有時壯闊、有時旖旎，令人心動神往；中華民國海軍艦隊精神，用「忠貞堅定、冒險犯難、同舟共濟、任務為先」來表達再適切不過。如果仔細推敲這些標語，可以察覺，海上生活是由挑戰、合作、辛勞、犧牲、奉獻等元素組合而成。

二〇一二年夏天，《迎風巡航——拉法葉艦航海日誌》由幼獅公司出版，引起廣大迴響，由於該書結構還算不錯，總編輯劉淑華小姐建議將筆者與海相處的經驗，用更深刻的方式與讀者分享。筆者遂從善如流，在公餘之暇奮筆疾書，作了一番全新嘗試，全部內容以較溫馨的方式表達。感謝《青年日報》副刊江素燕主編，大力運用書中的作品，更感謝幼獅公司文字及美術編輯群不辭辛勞，才有了本書誕生。

在這本《海濱散記》中，對於航海經驗，有完整描述。至於海上美麗的景色，是航海者最大心靈慰藉，在海上、岸邊、山巔上欣賞海景，或在白晝、夜晚及陰晴寒暑的交替中，都有不同奧妙，筆者在書中深刻敘述，等待有緣的朋友發掘與分享。

近期參觀了攝影大師顏明邦老師及黃國彥先生的個展，發覺在攝影家鏡頭下的海洋，已非「完美無瑕」所能形容，而是感動人心的偉大。從事海上工作多年，立即產生共鳴，寫下〈海景饗宴〉及〈浪花起舞〉等篇章，也是本書願與讀書分享的重點。

二〇一二年十一月，在演説會中認識了國內著名的口足畫家——楊恩典小姐，她在生命中用腳寫下了幸福，用心去擁抱世界，值得大家重新檢視自己面對生命的價值觀。回顧個人的海上生活，豐富而有趣，無疑是上主（蒼）所賜的恩典，在感恩之餘，完成〈水手札記〉及〈歲月夢痕〉等章節中的多篇作品以饗讀者。

近期由李安先生執導的電影《少年PI的奇幻漂流》，在國內大受歡迎，若將鏡頭轉至海上水手，當他們駕駛著或大或小的船艦，出海從事各項工作，大自然的嚴酷考驗就在身邊，一連串的冒險故事正要開始……

回顧我在海上或岸邊的生活歷程，是一段美妙而奇異的旅程。

自序

目錄

水手札記

海濱藝術

歲月夢痕

綺麗海岸

夢境之海

「夢境」常被人們形容為最完美的情境。夢境中的海洋，有絢麗而優雅的身影，不論是朝陽、晚霞或是晶瑩柔和的海水，使人心動神往。乘著軍艦前往夢境之海，讓海風在身上輕拂，在氤氳的洋面上，傾吐心中的憂煩，應當是航海工作最愉悅的片段。空氣在壯闊的空間裡顯得無比鮮甜，沒有喧囂的噪音，眼前只有雲彩與海水混合而成的萬紫千紅。

南中國海簡稱「南海」，位於台灣高雄一千四百多公里外，南海的中央便是有名的太平島，那裡飄揚著青天白日滿地紅的國旗，也有端著步槍的戰士，遠離親友和家人，不分寒暑，勇敢地捍衛疆土與海域。

太平島雖小，步行一周只要一小時，四周的海域卻很大，有各國漁船撒網的身影，也有各式軍艦走過的足跡；然而那裡也有最美的熱帶珊瑚礁海景，色彩鮮豔的珊瑚在水中舞動，藍色、綠色、紅色的龍蝦與螃蟹在水中漫步，還有數不清的熱帶魚在海中嬉戲；海上的鳥兒從小島飛到大島，繁衍後代，椰子樹與灌木叢是牠們的家園。身為海上過客的人類，看在眼裡，心中不禁湧現暖洋洋的感覺。

從南台灣的左營港發航，前往夢境中的海洋，是一趟旖旎的旅程，台灣海峽的和風吹拂在臉上，夕陽的餘暉照耀在眼裡；隨著俥葉快速旋轉，軍艦艉部激起一道道白色的浪花，擾動著原本平靜的海洋。遠渡重洋的心情，隨岸上景物快速變換，有些興奮，更多了些期待。

十一月的台灣海峽依舊溫柔，艦上的人們在談笑中享受漂洋過海的快意。過了台灣最南端的鵝鑾鼻，海水的顏色變了，海風吹過駕駛台的舷窗，發出尖銳的聲音，沒有駕駛跑車，聆聽風切聲音的舒暢感覺，軍艦像一匹在原野上跳躍的戰馬，白色的浪花是草原上的巨石，跳過障礙，在上下震動、左右搖擺之間，也考驗著海上男兒的意志力，勇往直前，直到達成目標。

經過菲律賓西部海域，在數日航行後，軍艦進入南沙群島，途經北子礁、南子礁、奈羅礁、中業島、南熏礁、鴻庥島、敦謙沙洲，南中國海有一大片星羅密布的島嶼，這是一片周邊國家覬覦的海域，在那一大片熱帶慵懶的島嶼中，不禁使人做起漪漣的夢。然而風景雖美，卻伴隨著詭譎氣氛。

太平島是大海上的一塊翡翠，四周細白的沙灘如同鑲在寶石邊的珍珠，在海上遠眺太平島，樹木蒼翠，高聳的椰子樹在風中搖曳，簡直就像用白色鮮奶油為底座的「抹茶」蛋糕，令人不禁盼望趕緊上岸一親芳澤。

倘若在那清澈見底的海水中與魚兒共游，聽著南太平洋原住民所唱的情歌，又是何等愜意與悠閒自在。看著如此美景，航海多年的人們，忍不住在心中吶喊著，這就是「夢境之海」，熱情洋溢的海中生物們，請不要凋零！天上的雲呵！請不要流逝！

美麗的太平島與四周海域是我國歷來固有疆域，軍人及海巡隊員應以生命捍衛主權。搭飛機去太平島，對美好的景物如驚鴻一瞥，搭軍艦去，可以放慢腳步，詠嘆這片夢境中曾出現的大海！

——原載於《青年日報》（2012.12.27）

雲的丰采

天空中最美麗的景物，莫過於雲了。

在海上看雲，與在陸地上看雲，有著迥然不同的感受。一望無際的海，在變化萬千的雲彩輝映下，顯得愈益深邃與神祕。然而，天空中的雲彩，與海水相較，卻更加活潑生動，大小與形狀不一的雲朵，有時奔放、有時柔和，雲朵陪著海上孤獨旅程，是一種心靈上的慰藉。當心情低落時，望著天上的浮雲，隨形狀的變化想像身處蒼穹的開闊，當艦船幽閉的環境引發煩悶，想像身在曠野的豪放，一切皆已釋然。

正午的時候，透過墨鏡觀察天空中的雲朵，無意間發現，當天空濾去紫外線，白色的疏雲，化作海中的水母，一隻又一隻，在天空中飛舞，透明的身軀，正以藍天為畫布，隨意展現優雅的舞步。

在廣闊的草原上看雲，沒有樹木或山丘的阻擋，顯得壯闊而撼動人心，海洋正是一大片藍色的草原，無邊無際。雲彩在天上，如同千軍萬馬奔馳；接近陽光的雲，透射出一道道的光芒，接近島嶼的雲，襯托島嶼，有些蓋住山頭，有些飄浮在島的上空，形成一幅幅美麗的風景畫。在地平線的盡頭，雲仍然向外延伸，不知是雲層覆蓋了海洋，抑或是海洋擁抱了雲層。

夕陽的餘暉，映照著大海，這時彩霞成了主角，雲朵藉陽光成了彩霞，從金黃色逐漸轉變為橘紅色，再加深為暗紅色，在地平線上舞動。美國早年西部拓荒者，在黃昏時越過沙漠，想必有著類似的場景，不知是否有著同樣愉悅的心情？

風平浪靜的時候，在海上欣賞雲的變幻，是人生最大享受。當烏雲密布，浪花灑在甲板上，也灑在身上，天上的雲仍一如往昔，不停變換。前方是一片密雲，雨水下在海上，形成一片簾幕，暫時形成另一個空間。隨著烏雲到處遊走，將雨水降在不同海域，海像一片良田，雲扮演著分區施肥的農夫。

無限寬廣的海，有時令航海者異常沮喪，在海上發揮無邊無際的想像力，卻能沉浸在航海的樂趣中，其中雲的丰采是重要的一部分。

——原載於《青年日報》（2012.10.31）

去山巔看海

乘著軍車，行駛在蜿蜒的大雪山林道上，身體隨著髮夾彎不斷左右傾斜，窗外的景色不斷變換，從山腳下的果園開始，結實累累的甜柿、高接梨，令人目不暇給。

路旁的竹林與芒草迎風搖曳，是歡迎我們這群不速之客的接待者。通過斷崖與大小隧道，不禁感嘆，造路者工作的艱險，隨著海拔超過一千公尺，路旁出現綻放的櫻花，紅色、粉色和橘色的小花，簇擁在山腰上，形成翠綠山脈的裝飾品。

再向上行，路旁的樹木轉換成挺拔的松樹與扁柏，巨大的樹幹似乎訴說著千百年來山林的滄桑。到了二千五百公尺以上，由毛地黃擔任路邊的禮兵，一串串的花朵，像極了英國御林軍頭頂上的羽冠，車上的鋁箔袋裝零食，隨著氣壓改變而逐漸膨脹，直到袋子破了，才發覺山巔就在眼前。

去山巔看海？一點兒也沒錯！除了腳下的雲海，還有遠處模糊的台灣海峽，站在雷達站的屋頂上，有著「山到絕頂我為峰」的豪情壯志，溪流在曲折的山谷中奔流，像白色的乳液，滋潤著山邊的農家與作物，附近是一座座的山峰，矗立在眼前，既雄偉又荒涼，三千多公尺的高度，用白雲和箭竹，輪流妝扮著孤獨的容顏。

從淡水經北新莊往山上走，經過于右任先生墓園，淡海沙灘、淡水河出海口、山腳下繽紛多彩的建築物與雜沓的人群盡在眼前。汽車越往上走，心裡越平靜，只有喋喋不休的風在耳邊繚繞，眺望遠處的海岸線，由岸邊的金黃色、近海的淺綠色、深綠色，一直到外海的深藍色，如同層次分明的調色盤，海上的貨輪與小漁船點綴其間。在這幅壯觀的風景畫裡，山脈、海岸、建築物，抑或是海上的景物，全都不是畫中的主角，心裡的寧靜才是主題。

經過一處隱身在山林中的湖泊，比山下更加幽靜，波平如鏡，木橋橫亙在湖中，不知名的小花與小樹在微風中搖曳。不禁令人引發只願時光與美景都停格的喟嘆！

在登上山巔之前，景物再次換成雲霧繚繞與無止境迴旋攀升的山路，在雲霧最容易堆積的千米高度裡，肉眼雖看不見海，雷達卻能清楚掌握海上艦船動態，又有誰能了解，在一片白茫茫的雲霧中生活，是一種享受或犧牲？

很多人都有在蘇花公路上看台灣東部海岸線的經驗，巨石崢嶸、海天一色，公路雖險峻，車輛卻川流不息，停下來慢慢品味的人很少。穿進公路邊的小徑，這是「蘇花古道」，從艱險的路況，可以體會先人胼手胝足的開路過程。道路在幽靜的森林中延伸，斷崖伸手可及，而路邊卻綻放著一朵朵各種顏色的小花。從整齊的排列中可以察覺，那是先人栽植的「日日春」；樹林中的筆筒樹奮力伸展著蜷曲的嫩芽，象徵無限的生機；唯有地上的姑婆芋不按次序生長著，大片的葉子，彷彿在訴說古老的故事，山林雖老，而姑婆芋卻是先到的主人。

走過荒湮蔓草的古道，終於來到山與海的交界點，山脈的尾端不再挺拔，緩緩沒入海中，站在沒有人煙的岬角上，大海變得柔和婉約，碎浪不停沖擊著岸邊的岩石，遠處的地平線，使人想起「海到無涯天作岸」的名句，似乎又引發人們對親友的思念之情。沿著戰備道上行，對面的山峰也很美，大海將白雲、岩石、森林以及險峻的斷崖串連起來，只要圈起雙手的四根手指，便是一幅幅未經雕琢的風景畫。

台灣東海岸的風景很美，曲折的海岸線，緊臨陡峭的山脈，再用海洋來調色，然而更美的海在何處？答案就在一千七百公尺高度，有最美的「雲海」，一千七百公尺是雲的生成高度，曾經住在高山上，凌晨起身捕捉雲海的身影，萬紫千紅簇擁著壯闊無邊的雲朵，平坦鋪蓋至天邊，雲朵像一簇簇彩色棉花，堆擠在天地之間，而雲上的

山嶽，就如同雲中的島嶼；北邊更高的山，傲然挺立在雲海上，像極了仙境中的神山；然而更感動的是在雲海的邊緣，我看見了藍色的海洋，那是這輩子最感動的風景。

我在山巔上看見的海，當然是此生所見最美的大海。

——原載於《青年日報》（2012.12.18）

海洋變奏曲

有人說：「海洋會說話」。

在無垠的大海中航行與工作，能聽見海洋的許多聲音。因此，有緣的人總是在海上啟發了靈感，創作出屬於海的詩歌、小說等文學作品，或動人的音樂曲調、壯觀的美術作品等，洗滌人們的心靈，傳頌千百年。

多年的海上工作經驗，充分體認海洋不只會說話，也是交響樂的演奏者。風平浪靜時，如同悠揚的大、小提琴協奏；海面起風時，又像多層次的管樂，浪花隨著音樂飛舞；驚濤駭浪時，則是多變的打擊樂。風聲、海浪聲和拍打船體的節奏，隨者船身上下起伏，震撼著人們的心情與意志力。

印象中最猛烈的風浪，是在颱風天裡航行，艦船在波浪中上下跳動，發出拍擊海水的巨大聲響，每隔幾秒，被海浪推上波峰，才能看見扭曲的地平線。海風發出尖銳的摩擦聲，與舷邊走道的水流聲形成恐怖的交響樂。身體的不舒適及恐懼的心裡，卻激發出水手的求生意志，與相互照顧本能，當惡劣的海象過去，留下難忘的回憶。

台灣海峽每到冬天，總是一再上演者水手與惡浪搏鬥的感人故事。每當東北季風來襲，軍艦又因重要任務不得不出港，熟練的水手會在出港前默默

雙手合十禱告，至少賜給他精神上的力量。風浪無情地吹襲在海上，穿過薄弱的船身，再大的船艦，此刻顯得何其渺小。在上下、左右擺動或不規則震動中，如同變化多端的打擊樂，水手們用意志力度過每一分鐘，意志力堅強的人，督促體力不繼者堅守崗位，暈船與搖晃只是樂曲中的小音符。

風平浪靜的時候，船艦如同嬰兒的搖籃，隨同海上微弱的波湧輕輕擺動，此時在心中常出現緩慢的抒情歌曲，而寂寞與思念最容易在夕陽西沉或夜裡發生。難怪古今中外的詩人或音樂家，最常詠嘆黃昏多彩的海洋或伴隨繁星皓月的海上夜空。

十五世紀中，於熱納亞共和國出生的航海家哥倫布，他在西班牙的贊助下，第一次出海航渡，便發現了美洲大陸，想必在航程中，已歷經了無數海上風霜雪雨。他曾說：「海洋能帶給每個人希望，猶如睡眠帶來美夢」。細細品味這句話，只要接近海洋，用享受的心情去體驗海上的艱難考驗，各種不同的生活滋味自然能在心中湧現，如同身處音樂廳中聆聽交響樂演奏，讓一曲曲的變奏樂，滋潤我們的心靈。

——原載於《青年日報》（2013.1.17）

軍港晨景

冬日破曉時分，披上運動服外套，信步走在左營基地的馬路上。九官鳥、麻雀、燕八哥、斑鳩及喜鵲都起床了，耳邊聽見一陣陣的鳥囀，風吹在臉上，有點涼又不算太冷，如同夏日高山清晨的舒暢感。邁開大步，甩手及深呼吸是此刻的必要動作，讓清甜的空氣，洗滌身體與心靈的塵埃。

冬天的清晨，是南台灣最迷人的地方，身處台灣最大的軍事基地——海軍左營軍區裡，度過無數個晨昏。鋼鐵製造的軍艦，使人難以接觸大自然的擁抱與舒適。然而，只要離開碼頭，走在軍區的馬路上，立刻能讓隨風搖曳的樹木，撫慰長期在海上奔波的孤獨心情。

清晨的軍港，除了聒噪的鳥兒之外，是一片靜寂的環境。路燈與艦上的停泊燈，在破曉前的半黑暗中，如同即將凋謝的花朵，不再閃耀奪目，只有遠方煉油廠的煙囪，吐著兩把火炬，與半屏山一同構成一幅風景畫。軍港此時成了安靜的湖泊，只有港外的海水不停拍打著海灘。

上午六時，各艦紛紛響起急促的口笛聲，催促艦上的官兵起床，十五分鐘後，部隊集合點名唱軍歌，軍港在霎時恢復了生機，接下來是部隊帶隊跑步的答數聲。鳥叫成了伴奏與配樂，軍港裡真正的主人是水手，當水手們吸飽了清晨的新鮮空氣，充滿活力的一天即將開始，在朝陽的照耀下，沒有怠惰的理由。

登上辦公室的頂樓陽台，發覺薄霧籠罩下的軍港更美，海岸線與堤防畫下一條圓滑的弧線，各型軍艦排列在碼頭邊，升火待發，雷達天線快速旋轉著，只要軍艦出了這座港灣，就是主權的象徵。

頭頂上飛過一架正要出海巡邏的直升機，軍港的拖駁協助著大型軍艦出港，基地一如往常忙碌了起來，冬天的清晨如同一齣熱鬧的舞台劇，不論是鳥類、植物、水手們，抑或是鋼鐵軍艦，皆是一起忙碌的演員或布景。

——原載於《青年日報》（2013.2.28）

在雨中航行

撐傘在雨中漫步有種浪漫情趣，雨中行車有惆悵的感覺，而艦船在雨中航行，卻能感受一群人的認真與專注。

雨中的軍港，顯得迷濛而富詩意。壽山在軍港的南面若隱若現，雨水在港內傾洩，形成縷縷波紋，分不清那是海水或是雨水。雨滴打在岸邊的草地上，迅速匯流進港灣水域裡，相較於城市或山林中的雨水，它們是「萬流歸宗」的先頭部隊。幾隻小鳥，在軍艦的甲板上清理羽毛，萬物因雨水減緩了步調，彷彿是雨水阻擋了工作節奏，因為天雨，能量逐漸下降中。

只有艦上的士兵例外，啟航前的軍艦鳴起汽笛，催促大家快步向前。身穿雨衣的士兵收回纜繩，井然有序地站在甲板上，接受雨神的檢閱。雷達士官回報前方海域狀況，艦長全神貫注，盯著防波堤末端的燈塔，謹慎下達每一道俥舵令，直到艦艉緩緩滑過軍港出口。

解除進出港部署，艦上官兵改為航行班輪值，看港外漁舟扁扁，高雄港排班進港的貨輪拋錨等候，景物在煙雨中若隱若現。海面像江面，令人想起古時帆檣雲集、戰鼓頻催的景象，於是海洋化作一幅畫，用山脈、岩石、浪濤、船舶做陪襯，天空是一片灰黑色，帶有一些潑墨意境。

艦上的官兵卻不像四周的景物一般優閒，駛往模擬的雷區，全體就備戰部署，開闢安全航道，在雨中操練各項偵、獵雷及航道探清掃課目。清除地底下的地雷及水下的水雷，一直被各國視為人道工作，戰爭布下了恐怖障礙物，而官兵即是象徵和平的天使。同樣的技能展現在海底搜尋上，偵獲了無數次的沉船、飛機殘骸及黑盒子後，自許為海難救護的先鋒。

大雨下個不停，軍艦結束操演返航，專注的態度依然。通過港口的防波堤，軍艦精準地在港內迴旋並完成靠泊，雨水快速從甲板流入大海，前方的景象雖模糊，但官兵追求勝利的理想卻很明確，我們為勝利而生。

——原載於《青年日報》（2012.10.20）

北濱隨筆

從淡水的紅樹林站起算，一直到三芝的山頭，是一條熟悉的路徑，因為工作多次來往，數十分鐘的車程，更是一段百看不厭的綺麗景色，很容易使人愛上北部濱海公路。由淡水登輝大道邊的高樓大廈，直到三芝的鄉間農舍，使過路人的心情，也能由紛擾趨於平靜。

坐在車上，用心去觀賞沿途景色，是行程中的極大享受。櫛比鱗次的高樓，興建在河岸的重劃區內，大樓外是建築師精心設計的庭園造景，有歐式窗櫺與鐵柵，一棟挨著一棟，氣派的雕塑品——展翅的老鷹、玩耍中的孩童和女神，讓人誤以為闖進了西方國度。小溪邊的別墅，以巨大為訴求，院子內空無一人，可以察覺，主人僅偶爾到此小住，院子外流水淙淙，雜草與花圃的栽植，相互爭著生存空間，這是人工化的淡海新市鎮，開闊是最大的優點。

經過不知名的街道，路旁的農田使人精神為之振奮，勤奮的老農，在田裡努力耕作，不知名的農作物，在田裡開著各式各樣的花朵，收成後將成為市集裡的各式蔬果。往北面走，山邊是一大片豪華的墓園，身在豪宅與墓園之間的老農，成為有趣的無關人物，豪宅的主人仍是過客，日後仍將跳過農莊，進住未來的豪宅。

「濱海公路」顧名思義，以海景為主要風光，汽

車行駛在公路上，一旁的藍色海洋像一張美麗的地毯，在眼前無止境伸展。偶爾通過的船隻，點綴這張藍色畫布，海風伴隨鷗鳥飛舞，用浪花的聲音伴奏，成為免費的加值服務。在眾多五顏六色、強調國外風情的餐廳，咖啡店裡，聚滿追逐浪漫的情人。偶像劇的拍片場景，一直滿足著愛做夢的年輕人。成為這條公路的特色。

在不知名的岔路右轉，則是個人最喜愛的景致，清幽的農舍，看得出主人喜歡與世無爭的生活，路旁整排的竹林，在風中沙沙作響，莫非是現代的桃花源。經過一處小水池，荷花正舞動著高雅身影，似在透露著春天的訊息。

貝殼廟、北極殿都是山上著名的廟宇，如果能改變來去匆匆的行程，在廟裡打尖、享用齋飯，必能使心靈更進一步得到休息。在這座特別悠靜的小山上，充分實現文學即是生活，在生活中尋找文學的真諦。

穿過迂迴的山路，成排的山櫻花取代了竹林，去年冬天經過此地，道路兩旁盡是燦爛的粉紅花朵，怒放的櫻花告訴我們，在日據時代，此處是達官顯貴努力經營的莊園。

在山頂開闊的平台上，遠眺北海岸的秀麗風光，有草原、牛群和對面不遠處的大屯山，從淡水至三芝，走了十餘回，行程雖一再重複，心情卻永遠輕鬆寫意。

——原載於《青年日報》（2013.2.7）

淡海風情畫

在軍人生涯裡，因為工作及職務的需要，跑遍了三軍各基地及部隊，包括台灣本島與各外、離島，領受過酷寒與炎夏，見過各式各樣不同的風景與地方采風。雖遊歷過無數地方，心目中最美的營區，仍是位於淡水河畔的淡海營區。

一般人遊淡水，多半選擇搭乘便利的捷運，早出晚歸；或沿著河濱單車道，來一趟匆忙的走馬看花之旅。假如想真正領略淡水的美，必須在冬天裡留宿河濱，才能在心中記下美好的回憶。

倚靠在淡海營區的欄杆上，對岸是觀音山及八里的全景，山上的小屋，以及路上熙攘的人群，全都一覽無遺。有時飄來一片浮雲，停留在半山腰上，宛若一條圍巾，套在高山的脖子上。陽光從右方灑下，清風拂面，溫暖極了，河面上一艘艘的遊艇或小漁船通過，彷彿水都威尼斯的熱鬧水上市集，河邊的景物帶來慵懶感覺，使人放鬆。更遠處的台北港座落在出海口，河的盡頭便是大海了，巨大的貨輪停在港口前等待進港，共同見證古老河港的繁華。百年前，多少英雄豪傑，聚集在這帆檣雲集的河畔，守護這片美好的河濱沃土，而今遺跡依舊，徒留時代變遷後的嘆息。

大屯山脈座落在淡海的東南側。倘若淡海是風景畫中的主角，翠綠的山脈便是陪襯的屏障了。在冬天觀賞山脈，只能利用雲淡風輕的午后，晨起時分，通常由白雲包覆著山脈，不知是白雲愛上了山脈，抑或是害羞的山脈，躲在白雲後方，觀賞人世間的冷暖與興衰。

沿著營區外側的步道向前行，是一整排的古厝，紅色的磚瓦房，有些住著念舊的老人，有些早已廢棄。頹圮的外牆引人深思，青苔及雜草，從剝落的門牆縫隙中，勉強伸展出來，似在訴說著久遠的故事；木棧道旁殘留著年代久遠的繫纜樁與河中的崗哨，可以想像古代軍艦繫泊的景況。再往前走，則是老街與街道後方的碼頭，在時空交錯裡，我寧可選擇追憶歷史上的故事，而不是在人聲鼎沸的市集中迷失。

從小白宮、滬尾砲台、英國領事館，一直到馬偕醫師的墓園。在工作之餘，每天花一小時追尋歷史的遺跡，竟成為駐防在淡海最大的趣事，將歷史故事逐一串連起來，不但細細品味了遊客無法深入的淡海風情，也在欣賞美景時分，獲得最大樂趣。

營區大門的左側，是一條濃蔭遮蔽的單車專用道，經常在不當值的傍晚時分，慢跑經過這條五星級的優美跑道，沿著堤岸向前奔跑，左側的浪花緩緩拍打著消波塊，分不清這是海水或是淡水；看著漁人碼頭旁的大飯店，從破土到完工，迷你型的港灣，擠滿了遊艇與小漁船，更多的是人潮，在擁擠的人群中，耳邊是各式各樣的快樂曲調。人們花了許多交通時間，在此忍受雜沓，只為了夕陽西下時，站在情人橋上，享受那短暫的火紅；而我卻能經常吹著無價的海風，一再感受淡水夕照的美豔。

穿過營區大門對面的窄巷，竟發現一大片的水稻田，在一遍遍的漫遊中，完整欣賞了水稻田的春耕、夏耘、秋收、冬藏，春天的秧苗與秋天結實累累的嘉禾，在眼前不斷重複展現，那是一段幸福的時光。

經過高球場的廢棄球道，踩在一大片綠茵中，竟分不清這是普羅旺斯仙境，或可供末日避難的悠靜處所；在廢棄的海水浴場裡，常見騎士在海灘上策馬，拍攝婚紗的新人，馬匹與新娘，無疑是在海邊散落，最美麗的珍珠。

離開一年半了，卻時常想起在淡海地區工作與生活的一年九個月，在花圃中栽植的野百合，離職前開滿了紅白相間的美麗花朵，不知明年春天是否依然盛開？至於每年冬季，蟬聯台灣平地最低溫的淡海，在心中卻是永遠溫暖的懷念。

——原載於《青年日報》（2013.1.31）

海上夜景

軍艦在高雄港外徐徐南行，這是個炎熱的夏夜，風平浪靜，倘若去除了主機及艦上通風的聲響，環境就更溫柔了。海上的夜，多麼和平與安詳。

天上的星星此時已不受城市光害影響，正輝煌地綻放光芒，天空像一塊畫布，被星星填滿，沒有留下任一處空隙。偶爾飄過的雲，像一張張網子，星星在裡面一眨一眨，好似天上的螢火蟲。大熊星座像一把杓子，順著杓子的柄，可以找到知名的北極星，然而最閃耀的一顆星，非金星莫屬，雖然她是一顆小行星，但離地球最近，在夜空中顯得頭角崢嶸，睥睨群星，然而，在浩瀚的宇宙中，仍小得像一粒沙。人生在世，儘管不斷努力成為最亮的一顆星，如果看見夜空的光景，應當學習謙卑。

高雄港外的海面上，錨泊商船燈火通明，像一座座的豪宅，停泊燈映照著船身與船樓，大小形狀不一。依建造者的設計，用顏色與造型凸顯她的價值，商船的煙囪，在夜裡冒著縷縷白煙，像極了北歐平原上的村落，此時船上的海員必然心情複雜，在海上經過長期的航行，疲憊的人們等候進港，回家探望親人。踏上陸地，找尋心靈的慰藉。從一艘軍艦上看商船，處在同一個環境下，心情卻迥然不同。

在海上更微弱的燈光就是漁舟了，有些開燈聚魚，有些撒網拖行，或停在海上垂釣，更多的小舢舨，在海上來回追逐豐盛的漁產，在黑夜裡與大自然搏鬥，求得一家溫飽。沒有漁民，人們便無法享用大海的恩賜，面對他們，應當懷著感恩的心情。海上的工作雖因艦船的型式不同而大異其趣，卻一同享有繁星點綴的夜空。

從海上看陸地，則是另一種不同感覺，高雄海濱的壽山在陸地燈光的陪襯下，留下明顯的黑影，異常神祕。在海上遠眺高雄港與高雄市輝煌的燈火，就如同登山者發現不知名的村落與市集，歷經千萬種挑戰後，找到出口。登山者面對的是艱險的路途，滿是懸崖峭壁，海上的人則歷經驚濤駭浪。而大自然絕不吝於賜與美麗的風景。

高雄市區的八五大樓在岸上像一座傲然挺立的皇宮，也像跋涉千山萬水後，夢寐以求的聖殿。從海上凝望五顏六色的燈火，看明亮的貨櫃碼頭和遠處逐漸暗淡的市區，似乎訴說著思念，距離愈遠，思念卻愈加深切。

一輪明月，從高雄港二港口的方向升起，火紅的色彩灑在海面上，形成

粼粼波光，令人迷醉。視線向右轉，看小琉球島上的燈光，像似點綴明月的星光。夜更深了，軍艦繼續南行，這是海上夜景的全貌，卻在航行中逐漸模糊……

——原載於《青年日報》（2012.11.10）

庭園逸趣

筆者所服務的艦隊部，位居左營軍港東北側一隅，受地利之便，北面是另一個單位，冬天遮住了大部分東北季風，當夏季刮起西南季風，卻直接從海上吹來，形成了海邊少有的綠樹成蔭。

每年三月過後，南台灣就一天比一天熱了。不比台北夏天溫室效應所產生的燠熱，南部是一種不分晝夜，長時間的熱，一直到十二月，才產生日夜極大的溫差。因此，特別喜歡南部的冬天，尤其是太陽剛出來的清晨，空氣特別清甜，海風吹拂在臉上，如同天使在臉上輕撫，舒適而寫意。

冬天的清晨，在艦隊部周邊的林間散步，是極為愜意的享受。站在樹蔭下，涼涼的空氣使人精神百倍；走在陽光下，如同被窩溫度般的舒適，使人感到幸福；當陽光照射在髮梢及脖子上，羊毛圍巾般輕軟和溫暖。

辦公室四周的植物與鳥類，都是常見的物種，最外圍是挺拔的大王椰子，形成最自然的邊界，建築物旁依序是扶桑花、樟樹、龍柏和玫瑰花，再利用茂密的矮仙丹修剪成籬笆的形狀；餐廳後方還有隨風搖曳的老榕樹，最重要的是大樓正前方結實累累的幾棵椰子樹，近三層樓的高度，只能遠觀而無法採收，卻使人感到一年四季都有著豐收的喜悅。

小橋流水或倒映著藍天白雲的水池，是一般人工庭園常有的景觀。而每天工作與生活的庭園，雖不見富情調的湖水，卻有用堤防包圍的港口，海水在眼前開展，不枯竭的海水上停泊著一艘艘美麗軍艦，與庭園中的林木形成強烈對比，走過樹林便是海港，而港外正是波光萬頃的海洋，在如此特殊的環境中，讓陸地上的人，嚮往海洋的壯闊美麗，更讓長久在海上工作的水手，能在進港後進入樹林，洗滌疲憊的心靈。

在這座海邊的庭園裡，鳥類是真正的主人，燕八哥最愛在飛翔中，展現翅膀上白色的圖騰，草地上總有貪吃的斑鳩及肥胖的鴿子來回踱步，覓食的目地相同，動作卻遠比農家飼養的雞鴨高雅，成雙成對的喜鵲在樹梢上築巢，像是忙碌的建築師，每一對都是令人欽羨

的愛侶。

工作之餘，徜徉在風景如畫的庭園中，感念先人的努力栽種，才有今天的光景。去年從淡水（原生於彭佳嶼）帶來的野百合種子，終於發芽茁壯，發揮強韌的生命力。原本在懸崖峭壁上綻放的紅白色花朵，可望在南部的海邊盛開。也許若干年後歸來，百合花可以告訴遠去的友人，庭園內光陰的故事。

——原載於《青年日報》（2013.3.7）

海岸行腳

「多良」是南迴鐵路上的小站，設在一處原住民的部落裡，「沒有售票櫃台」可以形容它的小，只有一座小月台。然而在依山傍海的天然環境中，卻顯得脫俗雅致，當火車緩緩駛進小站，帶來多少思念的情懷；駛出小站，又載走多少親人的期待。每次行車經過這裡，總會請駕駛暫停，感受小站的溫馨，仰望身邊的高山，凝視無垠的太平洋，這是我所鍾情的東海岸。

記不得走過多少回了，沿著南迴公路蜿蜒的路徑，翻越一處處險峻的斷崖，總能發現一些新奇景致，用鵝卵石鋪成的海岸線，引領我的視線迎向廣袤的大海。山腳下的每一處平台，形成了一個個小村落，河床上的牛肉麵館，在一次水災的侵襲後夷為平地，卻又在原址重建，掛在麵館牆上的照片，訴說著老闆心中的滄桑。架高的鐵軌，證明了人們永不屈服的決心。只有河床裡的漂流木與砂石了解，原本該在山上的景物，為何在海濱的河床上佇留，化作災後的證據，與一旁的高山及海岸，共同憑弔「莫拉克」風災的痛苦記憶。

當碩大的釋迦模型出現在眼前，代表太麻里原鄉到了，緩慢的生活步調，顯示鄉民與世無爭的生活態度，連路上的汽車都很慢，使人忍不住停下腳步，用心體會海濱村落的幽靜。呼吸著無價的新鮮空氣，回首欣賞山與海之間的大片翠綠果園，不禁引發在此地長住久居的想法。轉進山邊的岔路，遍地的金針花迎風飛舞著，用最柔軟的身軀扭動，迎接來自千山萬水之外的遊客。路旁雅致的農莊與美工精心設計的路標，使人心情頓時放鬆，減慢車速，一同欣賞這片別有洞天的風光。

站在金針山的山頂上，海岸線在眼前無限伸

展，山谷裡的河川，不停奔流至太平洋中，森林與道路，共同繪出美麗的曲線，構成使人讚嘆的台灣東海岸

沿著台11號道北行，公路與海平面的高度越來越接近，向右凝視平靜的大海，竟產生在海上航行的錯覺。東部濱海公路，緊貼著海岸山脈，過了富岡漁港之後，不再迂迴曲折，轉變為筆直的康莊大道。汽車在路上奔馳，心情卻出奇平靜，只剩下目睹山海風光後的悸動，路旁的小公園、停車場或隨處散見的民宿，在下車前，它們只是路上的景物，下車之後卻組合成了美麗的風景畫。

都蘭村是個海邊的小村落，卻充滿阿美族的冒險熱情，如同海中的飛魚，既然在海中優游，就應享受海水的滋潤，上蒼卻又幫牠們裝上了翅膀，也能乘著海風，尋覓空氣裡的鮮甜。在海岸的行腳中，令人忍不住一再登上海濱的高山，俯瞰山與海融合的完美畫面，走過三仙台、長濱，也看見了礁石與浪花共舞的驚奇。

「加路蘭山」是個奇特的山名，山上散落的菜圃與農莊，給路過遊客的感覺即是優閒與自在，綠色的山蘇、紫色的茄子，再加上隨處可見，金黃色的芭蕉，與山腳下烤肉的原住民，一同傾聽來自大海的故事。站在懸崖邊上，磯崎與芭崎等小村落的風景一覽無遺。山脈向海中伸展，海邊孤立的山頭上，長滿並不孤獨的樹木，有如將大陸的黃山，移植到台灣東部海邊，輝映著碧海青天，引發人們在此飲酒作詩的雅興。

不論是從南到北，抑或是由北向南遊歷，海濱的風景永遠看不膩，也說不完，而心中的憂煩也一次又一次，消逝在綺麗海岸中。

——原載於《青年日報》（2013.6.14）

水手札記

凝視大海

在非洲草原上，除了樹上的小鳥及猴子外，長頸鹿是最高的動物，常能提前發現獅子靠近，警告其他動物注意；古代戰艦派遣瞭望人員登上桅桿，登高望遠，便能提前發現敵艦，掌握最佳時機進攻或迴避。

現代軍艦的桅桿已無瞭望台，改為先進的雷達，能偵蒐數十浬外的目標，地球是圓的，受地球曲度影響，更遠的目標，則由高山雷達站或衛星掌握。

然而，軍艦仍有瞭望人員，站在值更官身邊，他唯一的工作便是手握望遠鏡，協助值更官掌握海面情況。

「右舷瞭望報告，水面目標方位〇五〇，距離六千碼，方位超前，請值更官注意。」

「左舷瞭望報告，方位三三〇，距離五百碼，漂流木一根，請注意迴避。」

完成千篇一律的報告後，轉頭凝視大海，沒有人知道士兵的心情，只是很專注地凝視大海，白天是一條直線（地平線），將眼前景物區隔為淺藍色（天空）與深藍色（海洋），但晚間是一片漆黑，有時星光燦爛（晴天），有時分不清天空與大海（陰天）。太平洋是地球上最寬廣的海域，據說在太平洋跨洋航行的時候，可能一整天都看不見任何艦船，海面上只剩下天氣的變化與天空中雲彩的移動，那是一種很孤獨的感覺。

黎明的海，氣象萬千，海面及雲朵的顏色，逐漸由黑色轉為灰色，地平線出現後，再改為絢爛的金黃色；黃昏的海，主角換成太陽，一輪紅日，將天空與海面妝點得五彩繽紛，落日緊貼在地平線上時，海水也隨之舞動，金色的水，訴說著漪漣的夢；至於海面上的夜晚，少了陸地上的光害，只要你願意，可以輕易找到傳說中的各種星座，月圓的時候，海面像一條河流，銀色的月，迤邐在海面，引領著軍艦，航向另一片充滿冒險與挑戰的海域；當海象不良時，浪花取消了一切浪漫情境，如千軍萬馬，讓所有的想像臣服。

艦長如同艦上的孤獨老人，凝視海洋的時間最長，在駕駛台上望著大海，考核值更官狀況處置能力，也思考著全艦安危、下一步戰術行動。風平浪靜的時候，海洋真的很美，人生如海、海如人生，大家都凝視過大海，心裡想的事情卻不同，然而大家都想找到光明的燈塔，引領正確航向。

——原載於《青年日報》（2012.11.20）

永遠的老戰友

俗話說：「十年修得同船渡，百年修得共枕眠」，對於曾在同一艘軍艦（特別是老軍艦）服務的同事而言，緣分應該介於兩者之間。

海軍現有的七艘救難艦——大字型艦，是歷史悠久的軍艦，建造的年代從一九四二至一九四五年，以七十年的艦齡而言，稱得上是老而彌堅，到今天仍擔負台灣周邊海域的拖救任務。各式演訓中的打撈、潛水（擔任載台）、拖帶（靶具及靶船）更少不了它們的身影。在民國六〇至九〇年代，民間海上拖救能力有限，而海難大多於天候不良時發生，因此救難任務往往須在驚濤駭浪中執行。在數十年裡，大字型艦在海難救護中立下了汗馬功勞。

民國一〇一年四月是「大峰」救難艦成軍二十周年的日子，該艦在美國五十年、我國二十年，歷經多少風霜雪雨和陰晴寒暑，我們有幸曾經乘著它執行多次任務。現任艦長發出「老戰友回娘家」邀請。在老軍艦上會見老友，畫面顯得特別有趣；老艦長領著曾共事的官員，步上駕駛台，訴說曾在海上經歷的一景一物，回憶曾經攜手共度的驚濤駭浪，輪機長卻想起裝備故障時艦長的疾言厲色，更多的趣事從老戰友口中說出，坐在官廳裡，遙想當年海象不良下的杯盤狼藉，大家共同的回憶都在此艦，值得永久珍藏。

十四年前的艦長已升將軍，副艦長已退伍為良民，輔導長現在是漫畫店老闆，現任艦長是當年的航海官，政戰官已成工研院的科學家，醫官更是知名醫院的大醫師，士官長有了事業第二春，文書兵也留營成為資深班長……人生苦短，友誼與回憶卻很綿長。猶記得馬公港的狂風、基隆港的冷雨、左營港的烈日；更多的回憶在海上，在海峽一起欣賞落日的餘暉，太陽下山了，我們仍要繼續執行任務；一天又一天的拖救待命，將大家綁在艦上不能回家，任務中的犧牲奉獻，卻意外將大夥兒的心也綁在一起。

救難工作是行善積德、不計名利的事業，需要犧牲奉獻的精神，絕非外人所

能體會，觀察現今艦上的官兵亦具有當年的精神。鋼鐵打造的軍艦，歷經海上風浪考驗及無情歲月的摧殘，留下無數後人歌頌的歷史，但艦體卻逐漸老邁。海軍官兵必須耗費更大的精神與體力去維護愛惜，方能使它充分發揮功能，完成各項艱巨任務。

救難艦的噸位不大，當海象達七級以上，官兵將非常不舒適，九級以上，艦體搖晃、行動困難、嘔吐、食不下嚥，官兵永遠默默承受。在每次任務出港前，許多士兵總是囫圇吞下果腹的食物，只為了出港後可能吃不下任何東西，為自己多儲備執行救難任務時的能源。

拖帶及救難工作經常刮傷艦體及甲板，每次進港後，弟兄們都會默默補上油漆，讓它看起來永遠煥然一新。也許下次任務的海象將會十分惡劣，艦體刮傷的地方也將更多，但大家仍會反覆呵護著它，忠於職守，永遠適時在海上拋出象徵希望的繩索。

回憶當年，勉勵艦上官兵繼續努力，老友們以最溫馨的方式共度二十周年艦慶，沒有高級長官蒞臨主持、沒有盛大的儀式，望著老當益壯的軍艦，我們都付出了感情，舉手向永遠的救難艦敬禮，互道珍重，總有一天大家都將年華老去，卻永遠珍惜一起吃風喝浪的美好時光。

——原載於《青年日報》（2012.4.28）

海底尋蹤

每一位海軍軍官都有「軍職專長」，在受訓或任職的過程中，由訓練單位或部隊授予，例如「作戰訓練督官」、「輪機督導官」、「艦艇指揮官」……等，筆者曾任兩任救難艦上的救難長，意外獲得一項專長「深海救難潛水官」，這是一項很特殊的專長，從字面上來看，似乎很專業，退伍後不愁沒飯吃，可以參與油井探勘，甚至可加入「鐵達尼號」的打撈而發財，事實上，深海打撈是一種靠天吃飯，困難重重的工作。

二〇一一年十月底，筆者於海軍專業部隊服務，從報上及電視上簡短的訊息得知，一艘滿載金門特產及酒類的千餘噸小型貨櫃輪，在返回台灣途中，不幸沉沒在澎湖附近海域。六名船員於棄船途中獲救，船長失踪，可能在船艙內，家屬心急如焚，貨輪沉沒後，只知大概位置，國家搜救指揮中心，令示海軍協助搜救……

在一個秋末的假日裡，左營港內已經颳起東北季風，身在專業部隊，搜救任務自然交付到我們手中，然而深海搜救具有高度危險性，不能盲目進行。召集相關幹部，評估任務風險，依能力及限制因素，完成搜救計畫，由於失事海域水深達六十至八十米，指示救難艦完成整備，並加強人員勤前教育；指派兩艘搜尋艦，運用艦上精密之聲納，採「先搜後救」方式，先行進駐馬公基地，期能順利達成任務。

在七級的海象中，大隊人馬、艦艇，浩浩蕩蕩抵達馬公，由於天候海象超過作業限制，潛水員只能在港內模擬訓練各種動作。狂風在港內呼呼吹著，夾雜著陣雨，用「淒風苦雨」來形容大家的心情再適當不過，各艦的軍士官也只能集合上課，站在碼頭上，對面的風櫃尾、四角嶼、西嶼美麗如昔，島嶼之外的大海可就是一幅驚濤駭浪的景象了。

海風不停地吹襲著馬公基地，兩天後風浪稍減，帶隊出海作業，失事海域的海象仍舊超過作業限制。在嘗試多天後，獵雷艦終於偵獲失事船隻，在六五米水深的海底，船隻及散落四處的貨櫃，水中處理器拍下清晰的影像。然而，始終等不到潛水員可以下水的四級海象，終於在任務發起十天後返航。

這是一次「成功一半」的任務，在茫茫大海中，能精確找到失事飛機、船舶的殘骸並非易事，必須有精密的水下偵測、追蹤、定位能力。在標定位置後，再由潛水載台（救難艦），搭載潛水人員下海打撈。海上救難工作，必須向大自然挑戰，無疑是勇敢的冒險行動，卻也受到諸多天候、海象限制。

電視上常出現介紹國外打撈古沉船「尋寶」的鏡頭，台灣四面環海，海、空運發達，海、空難發生的風險高，全國各界水下偵搜、打撈的行動卻常受天候、地形影響，然而在每次搜救行動中全力以赴，能冒著惡劣海象，尋覓遇險者的蹤跡，是海上工作者永久的信念與冒險回憶。

打火英雄在海上

原始人在數萬年前發現「鑽木取火」的方法後，火便成了人類最好的朋友，可以熟食、可以取暖……但若無法有效控制火源、預防火災，便可能危害生命財產安全，火災若發生在陸地上，有「119」消防隊可協助灌救，如果發生在海上艦船，便是非常恐怖的事件了。

軍艦滿載油料，是為了能航行更遠，戰力更持久；滿載彈藥，是為了適時發揮火力，保衛國家安全。假使將彈藥庫建置在加油站旁，必然引發附近民眾抗爭，而軍艦即是上述雙重危險環境。因此，世界各國海[illegible]都相當重視緊急救火操演。

認識火的種類（固體燃燒的火、油火、電火、混合火……），進而了解失火原因，密閉空間救火方式、遇失火該如何避免災情擴大（阻斷空氣來源及切斷災區電源）等基本常識，是海軍新兵訓練課程之一；消防器材的使用，如二氧化碳、乾粉、泡沫、噴霧桿或呼吸器等，則是進階課程；官兵組成之修理班（救火班）組合訓練，是各型軍艦不停演練的課目。

常在電視新聞中，看見消防隊員英勇滅

火及救人的事蹟，身著防火衣的隊員好神氣，當自己穿上那套密不透氣的服裝，頭戴面罩、腳踏防火靴，再扛著沉重的水龍帶進入模擬火場，可就痛苦不堪了。

艦艇的艙間設計複雜，各有不同用途，為了緊急狀況處置需要，產生了標準處理程序與應變作為。在沒有照明的密閉環境下，加上高溫及面對生命威脅的恐懼，培養官兵克服困難的勇氣至為重要。救火操演是一次又一次冒險的過程，在陸地上生活的民眾也需要，如何預防火災與自救、救人。

軍艦在海上服勤或泊港整備，除了有形的敵人外，最大的威脅便是艙間進水、失去浮力；若在艦上由敵人砲火或其他原因引發火災，將迅速喪失戰力，引起大量傷亡。因此損害管制訓練，包含堵漏、救火、急救，是人人都得熟練的課程，在黑暗、濃煙、高溫的環境中，運用儀器感測火的種類及艙間溫度，恐懼感絕不亞於在壕溝中承受砲擊，或面臨空中敵機無情轟炸。

當艙間的水位漸漸升高，也必須迅速量測進水的坑洞，切割木頭，並運用所有可用器材，支撐起岌岌可危的破洞，是提供大家能在危疑震撼的戰場中，裹傷再戰的技能。弟兄們有無價的情義，對抗無情的水火，勤練戰技，化身為打火英雄，讓軍艦成為有持續戰力而安全的家。

準星裡的榮耀

古代海戰是一場面對面的戰爭，兩艦接近後，戰士攀爬上敵艦肉搏，或是在很近的距離，運用古老的火砲相互攻擊，直至敵艦沉沒為止，隨著科技進步，現代海戰早已演變為視距外作戰模式……

現代作戰艦的特徵，便是擁有強大的火力，運用艦上的各式雷達、聲納、電子裝備偵測敵蹤，並將成果與岸上、友艦（機）提供的資訊，另加入天候、水文資料，以戰鬥系統整合，計算敵艦（機）位置。

各式武器發射前，須經過上述複雜程序，才能精準摧毀來犯敵艦

（機）。為了發揮戰力，軍艦在平日必須藉不斷的訓練及保養裝備，確保關鍵時刻取得勝利。美國巴頓將軍曾說：「高超的軍事技術和適應能力可以有效減少部隊的傷亡，一品脫軍人的汗水可以挽救百姓一加侖鮮血」，如何磨鍊高超的軍事技術，除了勤訓苦練外，不外乎充分的準備，亙古至今不變。

艦艇在海上航行中最大的敵人，除了天氣與海象的考驗外，敵人可從空中（飛機或飛彈）、水面（艦艇）、水下（潛艦）發動攻擊。因此，作戰艦完整的武器配備包含火砲、飛彈、魚雷等三大類型。艦砲又可區分為大口徑主砲、小口徑副砲及近迫武器；飛彈分為防空及攻船飛彈等，而魚雷則是攻擊潛艦的武器。

別小看任何武器的射擊，必須靠一群人的共同努力，除了裝備必須依程序、步驟保養檢查外，在發射前得有兩好的組合訓練，確認檢查情形，再精確計算靶標的位置。從艦長下令發射、系統操作手按下按鈕，武器部位觀測手的同心協力，才能使砲彈或飛彈命中靶標，是汗水與努力齊心的結晶。

看過電影中潛艦相互攻擊的情節嗎？當聲納手回報敵艦位置後，必須估算目標位置、敵艦下一步可能行動、武器射程及是否有足夠的時間迴避攻擊，甚至猜測敵艦艦長的想法，在很短的時間內下定決心發射。這是累積智慧、勇氣後的重大冒險。事實上，對空中及水面目標的攻擊亦雷同，從軍艦的海上射擊可以了解，團結一心、合作無間即是勝利成功的保證。為了確保戰力發揮，艦艇官兵每月周而復始，從未停止相關的訓練與準備。

每艘軍艦從下水開始，在服役的數十年間，在每一位艦長的任期中，都必須通過無數次考驗，最大的體會便是「努力將可能失敗的原因排除，任務就會成功」，我們做任何工作又何嘗不是如此呢？人類能代表內在美的是道德與知識，軍艦的內在便是保養與訓練了。軍艦經常實施火砲射擊，當準確命中靶標，代表射擊前的所有準備都沒有白費，一艘戰力精良的軍艦，大家都會樂於乘著她遨遊四海。一起打拚的伙伴，多年後在全世界任一角落重新聚首，談起輝煌的過往——艦砲準星裡的榮耀，相信仍能成為最佳的話題、最美好的回憶。

候鳥過境

空軍飛行員胸章（訓練合格）是銀色的，而海軍飛行員的胸章卻是金色的，美國海軍飛行員常戲謔「空軍機翼鉛做成、海軍機翼是黃金」。駕著戰鬥機在航空母艦落艦，跑道要比陸地上的機場小得多，如果場景換成直升機在作戰艦上落艦，可運用的空間就更小了，風險相對升高，因此，海軍飛行員都曾經歷嚴格訓練。

空軍「海鷗」直升機是國人耳熟能詳的救護天使，她的海用型姊妹機便是海軍反潛直升機，如果藍白色條紋再加上紅色十字標誌，是海上危機救難者的亮麗身影，那麼銀灰色的保護色則是使敵潛艦聞風喪膽的海上殺手。

拉法葉艦與反潛直升機具有「生命共同體」的關係，如同候鳥定期過境海濱，小飛機一旦進駐大軍艦或接受管制，立即成為艦上的一部分，使戰力倍增，舉凡偵巡、操演、作戰……，直升機是不可或缺的利器，尤其是反潛巡邏、潛艦獵殺，直升機能發揮快速、精確的打擊能力，然而，反潛直升機卻也是艦長的精神重大負擔，海象良好的時候，擔心各項檢查是否確實，海象不良的時候，又掛念天候海象對安全造成的影響，夜間落艦訓練，更是整個心都要糾在一起，畢竟人命關天，安全才是保存戰力、提升戰力的最基本要求。

空管官熟悉地將直升機帶至準備落艦位置，再由飛管官引導落艦，銀灰色的小飛機快速轉動旋翼，帶來震耳欲聾的聲響、激起海面陣陣漣漪後，便以雷霆萬鈞的姿態「隆重」落艦，艦上的組員依照程序帶上輪擋、鉤鍊、清洗發動機、關車、加油、折疊尾翼、主旋翼、擺正、進庫，做完上述工作，直升機分遣組就成為艦上的一份子，與官兵一同作息，直升機駐艦是任務中的大事，大軍艦是小飛機在茫茫大海裡的中途加油站，也是海上基地，相互密切協調，反覆檢查，就是萬無一失的祕訣。

別小看上述的動作，二人一組帶著輪擋、鉤鍊，蹲低姿勢，迅速移動至運轉中的旋翼下方，動作完成後，平舉手臂，讓信號手與飛行官都了解，再小快步回到機庫，不能做錯，於是才有平時的反覆演練；記得「直升機救火」、「魚雷掛卸載」是戰士最常演練的課目，水龍帶未灌滿水前的模擬，新進的弟兄在跑龍套間自得其樂，水龍帶灌滿水後的沉重，換來的是一身疲憊與溼透的工作服，海軍弟兄舉著噴霧桿練救火，如同陸軍弟兄舉著長槍練刺槍術，火就是敵人，戰技不熟練，便無法扼阻災難。

從二兵到艦長、從督導官到高級長官，登艦的方式都相同——從舷梯登艦，只有兩種人例外，領港坐著拖駁從艦艉登艦，飛行官是最帥的方式——直接在飛行甲板落艦，小飛機像候鳥，在任務中無數次進駐，海天一色是大自然所給予的最佳待遇，但數小時在飛機上狹窄空間的局促，只有無悔的飛行官能忍受，如果再加上駐艦的枯躁與顛簸，辛苦程度唯有身歷其境者方能體會。

直升機與軍艦，熟稔地演練攻潛程序，每一次出海操演或偵巡，直升機都很自然地與軍艦成為共同主角，直升機落艦、離艦的繁複程序，是友誼緊密的基本元素，兩者合一，戰力便能發揮相乘效果，也鞏固了台海安全的基石，只要飛機與軍艦仍在海軍服役，相互輝映的畫面，也將永遠在藍色的疆域中展現。

用繩索傳遞友誼

空中加油機在天空中穩住高度與航向，加大油門，並緩緩伸出加油管，戰鬥機自後方接近。此時，加油機的操作員，將油管對正戰機上方的加油孔，只要幾分鐘時間，便完成空中加油動作。

這是影片中美軍的操演，將時空轉移至海面上，顯得複雜許多，兩艦的操作人員在甲板上完成部署，準備好各項工具，補給艦固定好航向、航速、作戰艦的艦長計算好風流因素，至補給艦旁一百二十呎就位，帶好傳遞繩接受友艦的加油管或物品，在一群人的同心協力下，完成海上加油或高線傳遞工作。

在海軍的戰技操演中，雙艦科目是重要的項目之一，當軍艦橫跨大洋時，得靠多次的海上整補，才能協力達成任務，大海可以是漁場，也可能是戰場，當作戰或巡弋時間拉長，雙艦操演就成了延續戰力的主要手段。

在前述的觀念下，海軍「船藝」的培養與雙艦科目的演練，成為刻不容緩的工作，擔任艦長的第一要務便是捫心自問，站在駕駛台上能克服心中的焦躁與不安嗎？能否將龐大的軍艦操縱自如？如果答案是肯定的，無數次的操演與艦船運動，將可獲得極大樂趣與成就感，假使沒把握，努力充實自己、磨鍊自己就顯得極為重要了。

在記憶中的雙艦操演，都是展示自信與團隊默契的良好時機，對艦長的尊敬，往往在操演後油然而生，尤其是海上救難，頂著九級強風，在巴士海峽營救漂流商船，八吋尼龍纜在禁不起大自然的力量扯斷，換鋼絲纜時，艦艉的弟兄如同「樂高」小玩具，面對大自然的狂風巨浪，顯得如此脆弱，營救遇難商船的決心，又是無比的堅強，最後決心戰勝了自然，相信共同參與的水手，都在心中留下難忘回憶；營救商船，需要勇氣與謹慎，方能脫離險境，軍艦的雙艦操演，需要的則是細膩與默契，用來展現戰技成果。

兩艘軍艦在海上前後對正、左右標齊，艦艏距離繩穩定在一百二十呎的地方，艦舯的高纜上傳遞著補給品，身著橘紅色救生衣的士兵以劃一的動作努力完成海上整補工作，年輕軍官站在艦長身旁，仔細核對著兩艦方位變化、傳達衛星定位系統、機艙的任何訊息，兩艘軍艦砲座對著砲座、駕駛台對著駕駛台，就連煙囪所冒的煙霧都一樣（風向相同、速率相同），畫面彷彿在大家的眼中凝結成一幅永恆的畫面。

「勤訓苦練」的成果，只有共同參與的伙伴最能享受收穫的喜悅，測考官看見完美的組合操演，不禁豎起大姆指，拍下難得的畫面，兩艦解開傳遞繩，加速離開，有如大夢初醒，驚覺美好的時光與事物，為何總是如此短暫？船藝好不好，那是艦長一個人該面對的褒貶，團結合作的美好感覺，則是屬於全艦的共同財產。

頂著烈日或寒風，不分晝夜，軍艦在海上一遍又一遍，操演加油、傳遞物資、拖船與被拖，目的在延續良好的技藝，艦長有任滿的時候，士官兵有退伍返鄉之時，兩艦在海上併航，以足以揮手、打招呼的近距離操演，卻將延續下去，最重要的意義即是海域是屬於我們的，我們也有能力掌握海域，利用繩索傳遞友誼的雙艦科目——永遠是精良訓練與海上勇士的力量表徵。

艦長心聲

那天乘車經過左營軍港碼頭，遠洋掃雷艦、獵雷艦在眼前一字排開，壯觀的景象如昔，艦上的旗幟迎風飛舞著，官兵仍舊在艦上或碼頭努力派工或訓練。身為艦隊的老友，卻化身為不速之客，隔著車窗觀察熟悉景物，心裡有種莫名的激動。駛近另一艘救難艦旁，竟發現自己的視線已模糊，終於又見面了，我的老友們！

雖然自己調離艦隊工作多時，卻始終感覺心還沒離開過，尤其掛念那群可愛可敬的艦長。艦長——這份海軍責任最重大的工作，唯有身歷其境的人，或在旁一同努力的伙伴，以及默默支持的家人能了解其中甘苦。

當港內颳起東北季風的時候，身為艦長，仍要勇敢地站在駕駛台上，運用最嫻熟的艦船操縱技巧，帶領大家出海執行任務；春天的時候，儘管濃霧籠罩著海面，艦長的腦海裡仍須明辨最正確的航向，將緊張與孤單的情緒隱藏在內心深處，「享受孤獨」，正是一種無奈的心情寫照。

能與二十餘位艦長共事一年八個月，分享陰晴寒暑淬鍊後的經驗與心得，是個人最大榮幸。每位艦長都有不同個性。當共事的時間增長，才逐漸了解，有些艦長自信過滿，另一部分始終戒慎恐懼。然而，努力保持艦船最好的保養、將幹部與士兵管理好，提供妥善照顧，努力達成任務，卻是大家共同的目標。

新艦長報到時，緊張與不安是最大共同點，特別是艦上的戰士惹了一些小麻煩、第一次離靠碼頭，或指揮艦船從事高風險操演時，從眼神中便可顯露無遺，這時候，如果給予適當鼓勵或建議，總能收到良好效果；在眾多官兵集會場合，或其他友艦面前，給予適當稱讚，是艦長們在辛苦付出後，心裡感到最高興的結果。

填寫艦長的考核表，是在艦隊部工作期間，最痛苦的時刻。在大家都全力以赴的現況下，還是得寫出優缺點呈報上級，對於優點，總是盡可能大書特書，站在朋友的立場，大部分的缺點都選擇私下指正。在艦隊部的辦公室

裡，經常坐滿了各艦艦長，喝杯咖啡的時間，也能交心，我們最珍惜相互取暖後，各自繼續努力的真情誼。

不論艦長任期的工作成效如何，贏得多少競賽優勝，離開這個舞台，一切就如同過往雲煙。只要平安卸任，便能在心裡留下滿滿的美好回憶。任期內必須接受強大壓力考驗，是海軍艦長的宿命，能與許多艦長共事，是此生最大榮耀。願曾經共事過的艦長們，都能繼續勇敢向前，共創昌隆艦運。

——原載於《青年日報》（2013.6.23）

海上過節倍思鄉

今天要開航前，艦上的官兵分成兩種不同心情，輪到休假的莫不興高采烈，留在艦上的，嘴角向下垂。平常要開船前沒這麼明顯，這次很特別，因為還有三天便是中秋節了，今年過節不但得在艦上過，而且是在海上過。

中秋節是年度裡，國人的第二大節日，機場、車站滿是返鄉的人潮，高速公路上則是擁擠的車潮。在千辛萬苦下，大家為的是闔家團圓，「獨在異鄉為異客，每逢佳節倍思親」，出外工作求學的人，能回家是一種幸福，軍艦卻是在此時向廣袤的大海航行，心情有種說不上來的酸楚。

過節的海上，漁船很少，大部分停泊在港內，只有國際航線上的貨輪，依舊穿梭在台灣海峽與巴士海峽上。軍艦仍在海上來回巡弋，當備戰的警鈴響起，官兵迅速就各位，模擬反飛彈操演，運用各種手段，保存戰力，並隨即發射飛彈還擊，戰損戰演，官兵協同撲滅艙內火源並實施傷患救助……一切的動作顯得熟練而有自信。當檢討會時宣布今天的操演到此為止，並祝大家佳節快樂，換來陣陣歡呼聲，原來在海上過中秋節，也能歡欣鼓舞，只要換個心情。

軍艦繼續在巴士海峽上航行，海上只有蕭颯的風聲，零星的鷗鳥與海上的商船。不放過任何海上的目標，我們是這片海疆的守護者，當海域清靜，刻意接近鵝鑾鼻，當手機出現訊號時，提醒官兵撥個電話回報平安，這是送給官兵的另一份禮物。

下午的時候，艦上的廚兵，由士官長帶領大顯身手，有更多的士兵義務協助，做出四十幾大盤的佳餚，歡樂的氣氛，正洋溢在廚房裡。直升機庫是艦上空間最大的地方，當大家享用過中秋大餐後，所有的疲憊都已忘記。中秋節是家家戶戶烤肉的日子，在艦上不能烤肉，卻也心滿意足，舉起手上的冰紅茶，互道平安與祝福，海上中秋節也有家的溫馨。

皎潔的月亮，灑在艦艉的海面上，訴說著思念，同樣的月光，也灑在官兵家中的院子裡或陽台上，為了捍衛海疆，大家度過了特別的中秋節，年復一年，每一個中秋節都有一群勇敢的水手，在海上享受奉獻與犧牲。

無限寬廣的大海，繼續娓娓傾訴著浪漫與孤獨，在每年的中秋節。

——原載於《青年日報》（2012.12.1）

海風的故鄉

在海圖上量測，從左營到澎湖，約七十五浬，卻常是兩個不同世界。軍艦從左營發航時，風和日麗，通過東吉嶼海域，海風毫不留情，吹在軍艦的舷窗上，發出尖銳的摩擦聲響。到了虎井嶼外海，風更大了，浪湧蓋過前甲板，艦上的旗幟迎風迅速飛舞，直到軍艦離開澎湖，相同的景致從未改變。

沿著虎井水道前行，桶盤嶼、漁翁島、浮塭燈桿、四角嶼……，島嶼羅列在狂風吹襲的海面上，形成壯觀的景致。碎浪在海面翻滾，似在寒風中舞動著菊島的熱情，軍艦駛進澎湖海域，第一份見面禮便是刺骨的寒風。

從惡浪中進港，冷冽的東北季風並未澆滅水手們的熱情，與大自然搏鬥後，終於抵達得以休憩的港灣。如同孤寂的旅人回到親友的懷抱。只有駕駛台上的艦長及軍官們不敢鬆懈，屏氣凝神，觀察海面的變化，避開礙航的淺灘，正確下達每道俥舵令。風大的時候，危險就在身邊，大概是「風險」二字的由來吧！在狂風中將艦船停泊在碼頭上，需要更多的智慧與技巧，直到平安抵達，才能放下忐忑的心。在風中的澎湖灣，軍艦依然挺立。

在碼頭上行走的士兵，舉步維艱，儘管細沙打在臉上，有著陣陣刺痛的感覺，仍擋不住到陸地上尋求安穩的渴望。陸地上的風沙再大，也不如海上的劇烈搖晃，坐在基地的小店裡，喝一杯溫熱的咖啡，聽著屋外永不止息的風聲。海風從北方的海域吹來，人也從北方的海域歸來，不知是人帶回了風，還是風帶回了人。不論在海上航行多久，不管對於海上的工作多麼執著，永遠不變的是對陸地的思念。

除了冬天的風之外，在其他季節裡，驕陽也從不吝惜地照耀在島上，揮灑在附近海域中，在海上工作的朋友，不分漁民、海巡隊員，或是軍艦上的官兵，總是年復一年，接受海風與驕陽的洗禮。儘管海風帶來刺骨的感受，驕陽帶走沁涼的心情，只要一息尚存，大家仍熱愛這群美麗的島嶼，在陽光普照下，心裡滿是溫暖的春天。

站在測天島海軍基地裡，眺望遠處的風櫃尾、跨海大橋，這裡是海上旅人的幸福港灣，曾經聽過老海軍的感人故事，當友艦從海上歷經風霜，偵巡歸來，泊港的艦長總是會準備一碗熱騰騰的麵條，撫慰偵巡艦艦長的心，故事雖簡單，卻道盡同袍相互支持的友誼。

每年十月，海風總是毫不留情，從北方海域吹來，軍艦仍要持續出港，接受一場又一場的冒險考驗，直到海風稍歇，軍艦又頂著豔陽出海巡弋，與大海的搏鬥，似乎是永遠說不完的故事，海風的故鄉永遠陽光普照。

——原載於《青年日報》（2012.10.9）

遇見海洋詩人

自從筆者年輕時，便非常仰慕海洋文學家，能將枯燥的海上生活，轉化為文學作品；藉著詩句，將海上工作者該有的理想與感情，供後人學習與傳誦；汪啟疆老師，正是迄今仍孜孜不怠的老長官與海洋詩人。

海上的軀體將
會老鏽，航行的船
老鏽是當然道理

但為什麼還提燈海上
所有航海人知悉
海的任何一處
都要有一盞燈……
讓軀體在靜寂時候，該是一處燈塔
用自己焚亮航行訊號……

這是汪啟疆老師的詩作〈船燈〉，將航海人長年在海上的無奈表露無遺。心情雖無奈，年華也逐漸老去，卻又極度懷念海上生活。航海是一種責任感，為了踐履這份責任感，只好不斷燃燒自己，運用文學或講課，傳達自己熱愛海洋，勉勵後進傳承捍衛海疆的「錨鍊精神」，做一個有理想的海軍軍官。

大約三十年前，在「中央副刊」第一次看到汪老師的文章〈寫給妳的〉，敘述一位「陽字號」艦長即將卸任的心情點滴，雖在海上長年奔波，對家庭與妻子的思念與深情，卻始終很濃郁。收到調職命令，僅默默將它摺好，放進抽屜裡，保持正常的工作步調，內斂與低調作風，如同許多見過大場面的長者。這麼多年來，筆者仍然記得汪老師另一篇文章的結尾，在家中的冰箱裡，發現一只夫人在外皮上刻字的梨「彊，想你」，心情隨著故事震盪了起來，讓眼眶熱熱辣辣。這是何等動人的愛情故事，發願追隨前輩報效海軍，老師的文章影響深遠。

艦隊部在歲末年終的時候，邀請汪老師蒞臨演說，主題是「實踐軍人武德與領導統御」。兩小時的演說全程，全場數百位官士兵如沐春風，當他談起智、信、仁、勇、嚴與生活及工作的關係時，不禁使人發出「有為者亦若是」的共鳴。領導統御的最高境界，便是讓部屬成為永久的朋友和一生一世的至交。

將生命交給袍澤，狀況需要時，袍澤也會將生命交給自己，在任務艱險或性命交關的戰時，正需要相同的精神。既聰明又勤快的長官，可以使部隊日新月異，充滿戰力；既聰明又懶惰的長官，可以達成任務，但風險倍增；既愚笨又勤快的長官，使得部隊徒勞無功，沒有人願意成為第三種人。

與年輕時便十分仰慕的長官及詩人見面，彷彿茅塞頓開，原來文學也能進入生活，進入部隊的工作，最重要的是心中要充滿榮譽心及責任感。如同汪老師在饋贈給筆者詩集中的題字「我們不只是軍人，更是責任者與懂得愛的伙伴」，詩人洛夫在「把海橫在膝上傾談整夜」為序指出「讀汪啟疆的詩，我們必然會為他專注的真情所感動，他對大海的傾心，對海上事業的執著，對愛妻與親人的深情，使他詩的每字都燃燒起來」。

身兼成功的海軍將領與海洋詩人，汪老師讓海洋有了生命及感情，也讓長年在海上工作的我們，心情都燃燒了起來。

——原載於《青年日報》（2013.4.14）

偵巡日記

二〇〇四年十二月二十七日星期二，天氣晴，海象五級，船位在鵝鑾鼻西南方四十浬。

今天上午九時到十一時的工作是直升機巡邏，大清早艦上相關部門及分遣組人員便開始忙進忙出。八時三十分，直升機起降部署人員均已就位，直升機展開主旋翼及尾旋翼，開始三百六十度檢查。確認一切正常後，開車測試，直升機發出巨大聲響，飛行甲板刮起由主旋翼引起的強風，離艦起飛，聲音逐漸減小，改由本艦的對空雷達掌握，並導引前往識別海上目標。

直升機返航的時候，艦上做了一次海空聯合反潛操演。戰情室熟悉地演練發現水下目標的各種程序，從疑似水下不明目標開始，到可能為潛艦，極可能為敵潛艦，潛艦消失，指派直升機前往搜尋，再次確認後攻擊，這是反潛操演的大概流程，也是一連串猜測，考驗腦力的程序。直升機落艦並入庫後，軍艦繼續在無垠的大海上航行。

下午又做了一次模擬軍艦中彈後的戰損操演，煙霧產生器使大飯廳及士兵住艙陷入一片煙霧中，關閉走道燈光，在摸黑中搶救軍艦與同袍，真實景況便是如此，每多練一次，弟兄的動作便更熟練，大家不在乎辛苦的練習過程，只擔憂真實狀況來時，沒有充分準備的失敗，也許這便是軍隊辛苦訓練的真正目的。

一整天的偵巡，只遇見少數的貨輪，軍艦仍在海上孤寂地航行，在冬天難得一見的好天氣裡，我們來回穿梭，桅桿頂上的國旗迎風飄揚，倘若這片湛藍的海洋是一片土地，我們就是這片土地的守衛者，而國旗便是主權的象徵。落日的餘暉，映照在甲板上，也映照在官兵的臉龐上，明天此時，我們仍在海上。明年此時，也許是另一艘友艦，繼續在這片海域上偵巡，把海上的孤獨當作享受，不停寫下屬於大家的偵巡日記。

傍晚時，一大群鴿子落在艦艏、艦舯、艦艉的甲板上，牠們從不知名的海域飛來，暫作休息後，將飛回主人的懷

抱。從腳上的鐵環看來，都是有主的賽鴿，有人建議捕捉幾隻加菜，熟悉的行家警告萬萬不可。牠們為了比賽，可能服用了大量藥物。好心的弟兄，餵食飲水及白米，鴿群飛去後，甲板上的鳥糞卻顯得滿目瘡痍。

夜晚時分，一天即將終了，想起出港前新聞報導的「禽流感」，不禁打了一個冷顫。

東海岸救災札記

蘇花公路是台灣東部著名景觀公路，台九號公路在經過蘇澳市區後，一路蜿蜒而上，鳥瞰蘇澳港，途經豆腐岬、烏石鼻、南澳……風光旖旎。抵達清水斷崖後，地勢險峻的公路，濱臨太平洋的壯觀景緻，令古今中外人士讚嘆不已，迄今仍是台灣與大陸來台觀光遊客最喜愛的景點之一。

為了親近大自然美麗的容顏，往往危機就在身邊，如同古今的美女，容貌與好脾氣常常不能兼得。在二〇一〇年秋末，「梅姬」颱風挾帶豐沛雨量，侵襲北台灣，東北部的宜蘭首當其衝，一整個晝夜後，為東部地區帶來八百至一千公厘的驚人雨量，是個典型「雨比風大」的秋颱，造成蘇花公路落石不斷，數處路基流失。其中最嚴重的是一一五及一二一公里處路面百餘公尺崩落於斷崖下，十餘部汽車在視線不清的狀況下，掉落於深淵之中……

回憶那幾天的新聞，圍繞著這些重大意外事件，最驚悚的事件包含滿載大陸客的遊覽車，運菜的小貨車……憑空消失，國軍動員陸、海、空各式兵力搜尋，特戰部隊的軍官，帶領受困民眾，繞過坍塌的山壁脫險，傳為英勇救人的佳話。半個多月後，蘇花公路修復，災難事件又如同往昔，隨時間久遠，逐漸消逝在人們的記憶中。

災難事件對一般民眾而言，只是一則新聞，對當事人而言，卻刻骨銘心。事件發生時，筆者業管遠在濱海高山的陣地，回想那天晚上，駐地淡水也下著傾盆大雨，雨水打在辦公室的窗上，形成一道道水流，打在樹上，葉片掉落一地，混雜著花圃的泥漿，迅速流過營區馬路，進入淡水河。

接了幾通長官關心的電話，更加擔心遠在天邊的雷達站，在獲得人員裝備無恙，但聯外道路狀況不明的回報後，一種極度不安的預感湧上心頭。電話中再三叮囑站長，人員安全維護為第一要務，其次是狀況不明下，節約食物，待天亮後再小心勘查路況。

天亮是行動的開始，站長回報聯外道路坍方十餘處，存糧只剩四天，在辦公室裡踱步，腦海中湧現「山中孤島」的景象，交

通中斷，存糧不足，站上的官兵弟兄亟待救援，焦慮的家屬關懷電話不斷，所幸站上水電供應無慮，電話暢通。在盱衡全般情勢後，救援行動必須立即展開。

天候逐漸轉晴，一邊協調直升機空中運補，一邊著手勘災準備，在孤立無援的山頭，能用直升機運送食物或載運休（收）假官兵是最便捷的方式，可惜受亂流及雲層影響，始終未能成功。食物在多次上飛機（退冰），下飛機（冷凍）的折騰後，早已腐壞，白費心機。只好回歸最原始的方式—人力接駁，一段艱苦的歷程於焉開始。

在淡水街上購買了足量繩索、鐵鉤等工具，以及麵包店裡整個櫥櫃的麵包，帶著幾位原住民籍士官長（路況最熟，登山經驗足）從台北搭火車至南澳，再接駁至山腳下，蘇花公路北向中斷，由南澳至花蓮卻暢通。因此，南澳成了前進基地，永遠不會忘記與站長在崩塌處見面，短短的一百二十公尺，彷彿形成了兩個世界。取出手機，得知上方的情況，聯外道路柔腸寸斷，大量的土石，夾雜樹枝，泥漿傾洩而下，馬路上到處流水淙淙。在幽暗的森林中顯得危機四伏，坍方的兩岸距離如此接近，卻又遙不可及……

在束手無策的狀況下，聯絡南澳鄉鄉長——熱心的原住民地方首長，允諾親自帶大家沿「蘇花古道」（年代久遠的廢棄蘇花公路），尋找上山運補的道路；一行人從蘇花公路的一旁進入，廢棄的公路依稀可見，順著古老的痕跡向上走。植物越來越濃密，巨大的姑婆芋長在路中央，筆筒樹蜷曲的嫩芽，努力向陽光伸展，讓大夥彷彿置身古老的侏羅紀。道路在懸崖邊忽隱忽現，攀過數處淹沒道路的大小石坡，令人感嘆前人開山闢路的千辛萬苦，探勘數小時後，古道早已消失，救援的一絲希望在一處絕壁中止，最後希望，則是循「朝陽步道」上山，徒手約需六至八小時，步道年久失修，路滑危險，更遑論背負補給品了。

空中運補不行，古道也不通，只好請友軍的工兵支援，歷經兩天的辛苦開路，逆向開鑿了一條便道，當一身泥濘的我，出現在山上的官兵面前，換來一張張充滿疑惑的面孔。向官兵保證，既然我們可以上來，大家就可以下山，應當消除恐懼，同心協力，克服一切困難。

由於站上的瓦斯即將用罄，緊急採購快速電爐，手推車以及一切民生用品。用人力接駁是最可靠的方式，原住民士官長們此時發揮了最大效用，從部落借來的開山刀，剷除了所有障礙。他們在山上如履平地，不辭辛勞，在便道沿途裝設安全索。在那些日子裡，我們的身體疲憊到了極點，酸痛的肌肉，用意志力去繼續使喚，晚上幾碟小菜、一盤炒飯，一切辛苦便全都拋諸腦後，換來永恆的友誼。

緊急救援不能中止，其他三軍官兵，忙著救援蘇花公路上的失蹤者，我們救的是自己的弟兄，更不能懈怠。便道架設完成，領著全站弟兄執行第一次運補，沒有人喊累，在崎嶇的山路上負重而行，站台看門的土狗一直在大家身邊，這是一幅令人感動的畫面。遠眺海岸與山脈的風光，成了克服疲憊的良藥，當一次又一次完成運補，休假也恢復常態，先徒步下山，再接駁至南澳火車站，收假的官兵則反向而行，官兵非但再也沒有恐懼，反而同心協力，齊心達成任務。

戰備道搶通是三個月後的事，再度驅車前往，山腳下五顏六色的日日春，努力綻放著小花，似乎告訴大家，今年的春天依舊美好，森林還是如此幽靜，刻意沿著古老的廢棄公路向前行，站在巨石上，俯瞰烏石鼻突出的岬角，太平洋在此刻如其名，安詳而廣袤。

救援的故事漸漸久遠，然而戰備道兩旁依舊鳥叫蟲鳴，大家都記得二〇一〇年的「梅姬」颱風造成蘭陽平原的大水災，也記得蘇花公路的遊覽車墜崖慘狀。而奮勇救自己弟兄的故事，也許沒有外人記得，但在官兵心裡是個永恆的烙印。

——原載於《青年日報》（2013.5.7）

海濱藝術

水手的笑容

部隊裡最近舉辦了一次攝影展，主題訂為「官兵的笑」。在官兵的生活與工作中，捕捉所有的笑容，不失為一項別出心裁的構思。

海軍艦隊的官兵，或可俗稱「水手」，亦即在海上工作者的統稱。而海上的工作環境與陸地上迥然不同，官兵必須先克服暈船的身心不適，還要忍受狹小生活空間的壓迫感。部隊不分陸、海、空軍，共通的特性，便是規律的生活及忙碌的操課，還有永無止境的任務與安全壓力。因此，水手的笑容顯得更加難能可貴。

「官兵的笑」攝影展，一共收錄了四十餘張官兵生活照，均由軍中攝影家黃國彥先生拍攝，內容涵蓋了艦隊官兵工作、生活、運動及各項活動翦影，重點並非描述或報導官兵生活及工作景況，而在於「喜悅」二字。運用喜悅的心情，將生活變得有趣，更愛自己的工作與服務單位。

畫面中的官兵，無論是身著厚重的防火衣，參加救火操演；在燠熱的機艙中，汗流浹背地保養裝備；穿著救生衣執行艙面的瞭望工作；在發表退伍感言後，與艦上官兵相互擁抱；露出誇張的表情，繼續完成最繁重的工作；展現平日就有的廚藝，讓官兵大快朵頤……，全部照片所呈現的便是同一個主題——快樂，只要樂在工作，快樂原本就是生活中源源不斷的材料，如同山林裡的泉水。

照相很容易，構思一個主題，再去完成它卻不容易，除了要具備攝影家精確獨到的眼光外，更要有十足的耐心。在「官兵的笑」這項主題裡，還必須完全融入官兵生活，苦與樂是一體的兩面，不了解官兵的苦，如何在軍隊的環境中找到快樂？因此，這次攝影展，官兵均給予很高的評價。

水手的笑容，展示在艦隊的藝廊裡，發揮了美化環境，淨化人心的效果。海軍特業艦隊的官兵，平日任務極為繁雜，包含掃（獵）雷、救難、測量及水下作業等，藉著一個特殊的構思，卻能在百忙中，讓煩躁的情緒找到一個出口。

鏡頭下的女兵，脂粉未施，卻能展現最真誠的笑靨，只要心中有快樂，就能拍下最美麗的畫面。巾幗英雄並不限於歷史中的花木蘭，也不僅存於「楊家將」等章回小說。而在你我身邊，只要熱愛軍旅，就能隨意展露會心一笑。

「喜悅」是一種容易傳染的酵素，廚房的士兵笑了，食物也變得美味了；接受體能鑑測的官兵能夠開懷，便消除了心理障礙；其他還有裝備故障了、工作太多、新兵環境適應……，一切壓力與困難又何足掛齒？

照片中官兵展現燦爛的笑容，看照片的官兵也笑了，原本繁重工作下的壓力頓時獲得疏解。當自信心不足，在微笑中找出缺點改正；當心情煩悶，大笑幾聲可以忘憂解愁。與其自怨自艾，何不笑著迎接挑戰。背對陽光，陰影就在眼前，面對陽光，自己便看不見陰影。在「官兵的笑」攝影展中，官兵全都找回了笑容。

——原載於《青年日報》（2012.12.9）

浪花起舞

海洋由液態的海水所組成，液體沒有固定的形體，除非將它盛裝在固定的容器裡，如茶杯、瓶子或水池中。

上述的理論，曾出現於國中的物理課本中，亦即物質的基本型態——固體、液體及氣體。因為海水的變化萬千，造就了海洋的氣勢磅礡。由於天候、潮汐變化，製造了各式各樣

的浪花。自古以來，逐浪作夢的人，不絕於途，尤其是藝術家及文學家。

黃國彥先生畢業於政戰學校新聞系，卻是不折不扣的攝影藝術家。欣賞過多次精心創作及攝影個展後，才發現原來成就藝術只有兩個要訣，美感及執著而已。因為美感，才能在鏡頭中捕捉片刻的美景；由於執著，才能花很長的時間，追逐各類形式、各種色彩，大小不同、高低起伏的海面變化，完成「浪」的攝影主題。

細看鏡頭下所展現的浪花，遠近高低不同，隨著地形與天候的變化，展現各種類型的海象。在柔和的波紋中，使人想起最自然的潑墨國畫。原來洋面上的色彩也能變化多端，在陽光的照耀下，呈現嫣紅與金黃的光芒：墨綠與綻藍是最基本的顏色，卻在光線明暗之間，顯現嬰兒肌膚般的平滑。

黑夜裡有些白色的碎浪成為動物的形狀，有快速奔馳的馬匹、翱翔天際的飛鷹、跳躍在海面上的鯨豚，也有優游在水中的魚，透過照片中的圖像，啟發人們各種想像空間，讓海水不僅僅是液體，也是有形的生命。

當浪花在海中輕輕湧出，四周平靜的水如同珠寶盒裡的藍色絨布，身為主角的浪花便成了盒中閃耀的寶石，除了主體展現珍貴的光芒外，一旁的碎鑽、吊飾一應俱全，最可惜的應該是瞬間就消逝了，不禁使人感嘆，人間的榮華富貴，不就如同易逝的海浪嗎？

在海浪的跳躍中，最容易使人聯想起山脈的變化，連續的海浪如同高低起伏的山脈。綠色的海水即是山上蒼翠的森林；向天空揮灑的白色水花，亦即山頭的皚皚白雪，還有山谷下的河流，砂石地應有盡有。水花在不受限制的空間裡，呈現自由自在，原來就是大自然給予人們的最大啟示。

條紋、網子、皺折和平滑的曲線，再加上光線、色彩、陰影，這些美術

作品基本元素，組合成浪花的舞步，一次又一次達成美化心靈的目的，而這些素材俯拾皆是，只要心存善念，世間到處皆是美景！

各種形式的浪，透過攝影家的肉眼，成為一幅幅不朽的作品。鏡頭或器材只是輔助工具，獨到的眼光才是作品的美感關鍵。注入熱情，能讓冰冷的海水展現活潑生命，感動人心。

在海上工作的「討海人」，不論是漁民、商船水手或海軍官兵，莫不希望每一趟旅程、每一次任務都是風和日麗，然而海即是人生，沒有永遠的風平浪靜；當海面起風、暴雨傾盆或巨浪濤天之際，正考驗著航海人不屈不撓的意志力，若勇於接受挑戰，浪花即成為美景。通過浪花與大自然的淬鍊，在一次次生命交關的搏鬥後重返家園，卻成了生命中最可貴的記憶。

您看過海邊的浪花嗎？在一般人眼中，浪花或許平淡無奇；藝術家眼中的浪花，卻有著曼妙舞步，將平淡化做神奇，撫慰了航海者空虛的心靈。浪花只是海面上很短的現象，擷取浪花短暫的舞步，美麗的瞬間霎時化成了永恆。

——原載於《青年日報》（2012.12.10）

海景饗宴

穿上海軍的軍衣，算算已三十餘年了。走過許多陰晴寒暑，見過各式各樣的海上景觀，對於自幼就喜歡看海的自己而言，海上的景色已成了生活的一部分。因著工作上的需要，常常得抬頭凝視海面，在陽光普照或狂風暴雨時都不能鬆懈，暗夜中航行更必須注意海上的各種變化。海上的風景，對於航海者而言，再平常不過。

在偶然的機緣中，欣賞了一系列與海有關的攝影作品，卻引發內心一次又一次的悸動。原來每日與我們為伍的大海，具備如此深沉的靈性與不須妝扮的美麗。看完屬於自然、屬於大海的特殊容顏，有股立即寫下心得體驗的衝動。

當代攝影大師顏明邦老師，是一位非常執著的藝術家，堅持使用寬幅的軟片，特別是正片。在數位化的時代裡，相機透過科技產物的感應器材，很難拍出物體的真正色彩，以及肉眼看不見的細節。再加上數位相機或智慧型手機普及化，在人手一機，到處拍攝，即拍即看的現況下，真正好的作品不多。尤其是不需洗照片即能欣賞成果的年代，已經很少人在拍照之前用心思考，如何構成美麗的畫面，顏老師的一席話，確實發人深省。

大海在一般人的心目中，是一成不變的景色，當風暴來襲，卻能攫取人們的生命財產，顯得冷酷無情。然而在暴風雨來臨的前夕，在海邊運用微弱的星光與夜色，將快門凍結一小時，海面卻變得柔和許多。浪花不斷拍襲海岸，畫面在不斷湧動下，形成了類似果凍質感的海面。夜裡特殊的色溫，使得海濱風景透露無比的神祕感。使人不禁讚嘆原來我們每日接觸的海，可以顯得如此溫柔與安詳。

彩虹在大家的印象中，是雨後的特殊產物，尤其在夕陽西下之前特別容易發生。其實夜間也能產生彩虹，畫面上是大家所熟悉的台東三仙台海岸，右側是拱橋的黑影，上半部則是一彎非常完整的七色彩虹，海水在下方依舊拍襲著岸邊，人間仙境的景象，在眼前展現。作者在細雨中發現完美的素材，於是用雨具保護相機，長時曝光後完成拍攝，身體雖然溼透了，卻成就一幅美麗作品。

石頭是海邊最尋常的東西了，在海浪的侵蝕下，很容易便形成壺穴，然而肉眼所見往往是一些尖銳的小洞。在攝影家的眼中卻不同，運用恰到好處的光源，以及天候改變前的浪湧，石頭成了無價的藝術品，每一顆凹凸不平的岩石，化成有感情的圖案。發揮愛心與耐心，也能令頑石點頭，成為永久收藏的畫面。

南台灣的貓鼻頭是許多釣客眼中的天堂，斷崖雖危險，海中卻優游著令人垂涎的魚類。地形也造成大小不一的激浪，此時攝影家在岸邊發揮守株待兔的耐心，捕捉浪濤激起的一剎那光景。抓住浪花濺起的一瞬間，與岸邊的礁石、釣客構成有趣畫面，浪濤激起，形成光芒四射的圖形，照耀著海濱。

其他還有兩朵人形的白雲在海面上對話、蘭嶼的獨木舟、顏色多變的海岸線等，每一幅照片，都歷經了精心設計。偶然與運氣，無法拍攝多變的海洋，要完整記錄海洋的表情，必須先有一顆多情的心。

看完這麼多在海濱拍攝的作品，不啻為一次海景的豐盛饗宴，心裡頓時覺得十分飽滿充實。台灣是座美麗的島嶼，海濱的美景隨處可得，等待著人們去發掘。海洋可以調節地球上的氣候，使萬物生生不息。海洋也調節了人們的心靈，美化我們所居住的環境，在撫慰了每個人心中的傷口後，努力追求人生的真善美。

喜歡照相，可以隨心所欲，拍下紀念性的影像。喜愛攝影，要多花時間與熱情，但如果想留下雋永的作品，更要有無比的恆心與毅力，再加上不屈不撓的冒險精神。天下沒有白吃的午餐，攝影即是藝術，藝術是熱血灌溉後的果實。

——原載於《青年日報》（2013.1.6）

畫裡的軍艦

在筆者的一生中，最受感動的畫，並非達文西名畫《蒙娜麗莎的微笑》或是梵谷的《豐收》，而是兩幅友人致贈的畫。一幅是油畫，另一幅則是國畫。而兩幅畫的主題皆為軍艦——生命中最重要的兩艘軍艦。

油畫中的大峰艦，是一艘年代久遠的救難艦。從一九四二年下水，迄今已有七十年以上的歷史。她在海軍官兵的努力保養下，仍能保持煥然一新，維持著設計時的性能。一九九七年十一月至一九九九年十二月，筆者擔任該艦第五任艦長，長期與這艘艦共同生活，風平浪靜時，經常在海上航行，當海象惡劣，依然駕著她出海執行任務。由於救難艦有著「晴天拖靶船，惡水拖難船」的任務特性，在長期相互扶持下，與艦上官兵培養了極為特殊的情感。

畫面裡的大峰艦，沿台灣東海岸傍岸航行，岸邊的斷崖顯得極為險峻，浪花拍打著沿岸，表達了克服困難的決心，而天空詭譎的雲彩，正象徵海上任務的不確定性。而畫中　的主角——大峰艦破浪而行，旌旗飛舞，色彩栩栩如生。艦上每一項裝備如同往事，歷歷在目，非常生動，畫功細膩，這正是油畫可以表達的特性。這幅

畫由軍中藝術家呂文耀先生繪贈，每當看著這幅畫，便想起畫中未能表達的人物——艦上的官兵。因為同在海上生活兩年餘，這幅畫在筆者眼中價值非凡。

筆者最喜愛的另一幅畫則是國畫了，畫中的主角是海軍拉法葉巡防艦之一的西寧艦。流線的外型，洗練的設計，與油畫中的老舊大峰艦形成強烈對比。全體官兵曾經伴著她，在海上度過漫長歲月。從一艘散漫軍艦，蛻變為全軍的戰力優勝艦，並榮獲軍中音樂競賽第一名等殊榮。往事雖隨時間逐漸褪色，但在港口瞥見依然壯麗的艦容，心中仍感到安慰。

國畫不比油畫，可以將軍艦原本的樣子忠實呈現，但意境的展現才是國畫的最高境界。畫中是海天一色，任我遨遊的景象，西寧艦在大海上航行，用顏色的深淺起伏，描繪浪花的氣象萬千；鷗鳥伴隨著軍艦，航向未知的險阻艱辛。作者王海峰老師更以豪邁的草書，題上「海上英雄」的詩句，「殘月掛青天，東風露曙光。雄風萬里征，擁抱大海洋……」，表達了雄壯，悲涼的意境。在海上航行，雖然櫛風沐雨、遠離親人，但也可以富有詩意。

油畫與國畫，都是藝術家刻繪人生的表達方式，不論是風景、人物、花鳥……，都能發揮淨化心靈的效果。如果主題換上了具陽剛氣息的軍艦，能讓沒接觸過海軍的人，心生嚮往，在海上服務多年的戰友，能立即產生共鳴，喚起心靈深處最美好的回憶。

望著牆上懸掛的兩幅畫，往事像海上的浪花不斷湧現。曾經真實擁抱的兩艘軍艦，成了畫中的主角。深深凝視，自己早已融入畫中，在軍艦的艙間裡。

——原載於《青年日報》（2013.4.24）

特業藝廊

「特業艦隊」是海軍一支具備特殊專業的艦隊，將它和「藝廊」兩字結合在一起，似乎使人匪夷所思。但少數熱情的軍士官做到了，在堅持及熱愛藝術的理念下，產生莫大動力。看著初具規模的「特業藝廊」，不禁感嘆，藝術不只由藝術家獨享，是不分行業的興趣，在每個人心裡。

德評和仲毅是艦隊裡兩位很平凡的士官，平日安守本分，做好自己的工作，對於屬艦的工作督導與械彈管理，從不散漫推諉。最可貴的是兩人對木工及裝潢極為專精，對於部隊裡的臨時木工工程，能在最少的花費下，完成最精美的效果。例如牆上的「特業藝廊」木匾，原本是一塊朽木，卻經巧手製成古色古香的招牌，口足畫家楊恩典小姐的畫作《愛是永不止息》，具有激勵官兵正向思考的意涵，極為珍貴。在他們的設計及日夜加班下，掛在一只精美的櫃子裡，顯得更加值得珍惜。其他的小工程，也讓老舊的隊部辦公大樓變得更新、更有精神，這樣的士官，不啻為部隊中的寶。

開設藝廊對於部隊而言，困難重重。為了美化環境，陶冶官兵身心，在沒有相關經費的現況下，國彥運用個人交情，說服多位攝影家，畫家同意免費陳展作品。用相機紀錄官兵的生活與工作，讓官兵也成為畫廊中的主角，連懸掛畫作的軌道，都由他犧牲假日完成。使得原本單調的走廊，豐富了起來，一位少校軍官，為了讓攝影藝術滋潤官兵心靈，有著不眠不休的執著精神。使人感慨，世上除了名與利，值得努力的事情很多，關鍵就在堅持做對的事情。

藝廊精心策劃了幾次展覽，「官兵的笑」主角便是隊上及各艦的官兵，捕捉了珍貴的工作與生活紀錄。「瀚海」介紹了我們日常生活最常接觸的大海。還有畫家眼中的花朵，攝影家鏡頭下的光影色彩，每一次都是賞心悅目的呈現，而每一個專輯都由美編縮排，加上文字敘述，讓文學與藝術結合，納入永久典藏區，用文學豐富藝術，藝術揮灑生活。

還有一區是各單位的歷史功蹟與照片陳展，讓老軍艦以藝術的方式活在走廊裡，這是隊史館所做不到的事，也讓單位官兵同感驕傲，例如老軍艦參與過的戰爭，救難艦在海上英勇的事蹟，在中英對照的畫板上，連外籍人士都發出讚嘆，在歷史的迴廊裡，我們只盼望留下可資紀念的任何影像與回憶，供後人緬懷。

隨著看過的人越來越多，小小的藝廊愈來愈有名氣，也逐漸凸顯它的特色。誰能說軍人只是操作武器的武夫，而不是兼具文化氣質的智者，文化可以讓軍人更有智慧，也兼具自信。

「特業藝廊」或許只是一個簡單的陳展空間，但在開設一年多後，發揮了最大效果。每天在走廊上掃地的士兵，不知不覺中，受到了薰陶，到隊部洽公的屬艦軍官，也能在欣賞中加強了向心力。至於不定期蒞臨的長官與訪客，充分感受到部隊也需要文化，才能提升精神上的戰力。在開設的過程裡，發現了部隊中軍士官的熱情。藝廊不只是博物館或美術館特有的陳展空間，早已融入我們的生活，成為心靈上的慰藉。

原民之舞

原住民是台灣許多族群的一部分，早已融入整個社會中，在各階層發揮他們的光和熱。部隊中有許多原住民官士兵，也是很自然的事。如果想熟悉原住民文化，努力學習他們歡樂的舞步是最迅速的方式。在節慶中展現豐收的喜悅與戰鬥精神，讓部隊留守官兵在歡愉的歌舞中激發戰志，也能撫慰思鄉情懷。

約莫過年前三個月，艦隊部政戰主任便開始著手規劃大型的表演活動。在各單位中挑選適合人選，以原住民為骨幹，其中包括飾演酋長、長老、公主及勇士的同仁。擬定訓練計畫、設計舞蹈內容，另外還有服裝及道具準備，目標很明確，便是要超越原住民文化村的表演團體。

確立一個目標，然後匯集眾人的智慧與努力，是一件美好的事，包含逐步克服困難的成就感。曹峰是家住南投合歡山區的原住民青年，雖然他的身分只是義務役士兵，卻能將他在「九族文化村」練舞的經驗傳授給每一位伙伴；世凱——來自屏東山區的原住民輔導長，自願擔任這個團隊的小隊長，照顧官兵練舞期間的生活；更特別的是老家在桃園復興鄉的士官長國強，擁有潛水及水中爆破的特殊專長，也加入過特種部隊，卻在此時放下高

傲的身段，與大家一起設計節目內容。在榮譽心與團結合作信念的驅使下，官兵都成了最佳舞者。

多次在傍晚散步時，遇見帶隊跑步的團體，既非田徑代表隊，也不是蛙人部隊，而是納編表演原住民舞蹈的成員，三十分鐘的舞蹈表演，需要體力作後盾。一邊淌著汗水，卻繼續展現笑容，原因無它——熱愛自己的團隊而已。在一遍又一遍的演練過程中，成員們都享受了箇中樂趣，在力與美的展現裡，也逐步強化了體格，減輕了多餘體重，成為意想不到的另一樁收穫。

服裝與道具是準備工作中最困難的一項，除了運用有限的經費訂做部分服飾外，原住民同仁發揮了向心力，回到學校及部落借用，或自己動手製作，只為了表演完美呈現，包含「豐年祭」中的山豬模型，也花了好幾天，用雕刻刀一步一步完成，令人動容。

在整個練習及表演過程裡，發生許多感人的故事，包括將原住民歌曲的詞句，逐字用注音符號寫下念法，讓不同族群的弟兄（其中很多不是原住民）背誦，合力唱出整齊而動聽的歌舞；男性弟兄們赤腳練舞及表演，直到腳底長繭，女性姐妹在練習後，舉手投足竟平添幾分部落公主的優雅氣質。

在節目的安排上，除了阿美族的豐年祭外，還有賽德克族的戰舞、布農族的祈福……，當表演結束，觀眾們的腦海出現兩個問題，表演的弟兄姐妹們，全都是原住民嗎？為什麼感覺就像到了原住民文化村？隊伍裡的原住民同仁只占三分之一，而專業的表現，即是努力後的成果，當大家聽見上述疑問，已完全遺忘準備過程中的辛苦，汗水早已昇華為心中的成就感。

望著辦公桌上表演後的大合照，原民之舞已成了不可磨滅的記憶，而穿著酋長、公主與勇士服裝的弟兄與姊妹，早已團結在一起，成為感情濃厚的一家人。

奇異恩典在艦隊

〈奇異恩典〉這首歌，對天主教徒或基督徒而言，是一首耳熟能詳的歌曲，文字雋永，音韻悠揚，只要聆聽這首曲子，心情便能立刻平靜下來，對於工作、生活上的不滿，以及心中的雜念，彷佛已立即拋至九霄雲外。

深秋裡，在一個陽光和煦的上午，艦隊部邀請口足畫家楊恩典小姐，蒞臨左營基地演說。分享生命態度與人生經驗，使人人都能正向思考，珍惜所有。三百多位在海上工作的官兵，幾乎將小小的禮堂擠爆，聽完了楊恩典小姐的精采演說，很多人不禁感動落淚。不論自己的宗教信仰是什麼，深深感覺這是個溫暖的日子，也是上主或老天爺賜給的奇異恩典。

演說與分享在一部簡短的紀錄片中揭開序幕，很多年輕的弟兄都沒聽過她的故事，從一個被丟在豬肉攤上的棄嬰，被愛心洋溢的牧師夫婦收養，到知名的口足畫家，在成長的過程裡，不斷在困難與痛苦中體驗愛的真諦，楊恩典小姐娓娓道來，每一個段落都像童話故事中的奇遇，她沒有雙手，卻能用雙腳做很多事，從化妝、抱自己的孩子、繪畫、洗衣、包餃子、做飯，甚至穿針引線……。想起小時候家事做不好，被母親斥責「你的手比腳還笨」，多年後終於發現，確實有人的腳比我的手靈巧。又是什麼樣的動力，驅使她勇於面對人生的艱困挑戰呢？

最令人感動的是她的愛情故事，演說途中，她的二歲大可愛兒子，與一般小孩一樣的調皮玩耍，不停想幫官兵拍照，但沒忘了送水給媽媽喝，從夫妻與母子的眼神看來，這個家庭比一般人擁有更多的愛。在她不一樣的人生裡，也遇見了一位不平凡的男士。從相識、相戀、成家、生子……，需要更大的毅力，才能維繫常人看起來很平凡的幸福。聽完故事，對於這段努力爭取來的幸福，感到十分敬佩，伴侶積極投入她的人生，給她最好的照顧，原來就是愛的力量，讓他們更接近彼此。各種辛苦也就不再成為阻礙，沒有雙手，卻能用心去擁抱幸福。

在與官兵「腳的互動」裡，楊恩典小姐熟練地在五至十秒內用左腳幫右腳、右腳幫左腳穿襪子，再用雙腳折紙鶴，而台上的官兵沒有人能完成。令人深深感到自己擁有雙手，沒有悲觀的權力。生來四肢健全，為何不多加努力，讓生命產生更多的光和熱？即使面對狂風巨浪，也不能退縮。這群在海上工作的官兵，在感動之餘，似乎也思考著同一個問題。

親眼看著楊恩典小姐用腳鋪好畫布，打開顏料罐，一筆一筆勾勒出花的形狀，在邊回答官兵問題、邊注意周遭互動的環境下，很輕鬆地完成一朵盛開的牡丹花，如同現場三百多位官兵眼中的她——真的很美。翻開描述她的傳奇生平《那雙看不見的手》這本書，再用腳完成飄逸的署名，闔上奇異筆的蓋子，清楚聽見「喀」的清脆聲，看似輕鬆，卻令人動容。她的腳比很多人的手要更靈巧，但在這些動作的背後，需要多大的意志力與恆心，來成就那朵牡丹花與簽署？

抱著楊恩典小姐贈送的著作與畫冊，在返回辦公室的途中，不禁百感交集，多位官兵也落下了男兒淚。反覆翻閱她的出生、成長、求知、戀愛、為人母的故事，楊恩典小姐人如其名，官兵能有機會分享這些動人的故事、啟迪正面向上的心靈，正是上蒼或上主所賜予的最大恩典。

動人的故事在心裡迴盪了好幾天，耳邊彷彿一再繚繞著〈奇異恩典〉的動人音符，寫這篇文章的時候，身在海軍最大的作戰艦——基隆級艦上航行，海上健兒每日雖在工作崗位上櫛風沐雨，忍受辛苦，大家卻擁有一雙健全的手，可以克服萬難。空軍官兵常自許為「天之驕子」，海軍官兵在晨曦、濤聲、晚霞的陪伴下，又何嘗不是最幸福的海上工作者？

有人說：「人因夢想而偉大，就怕你不敢做夢」；楊恩典小姐說：「相信你會成功，就一定能成功」，生命雖然短暫，但要懂得珍惜擁有的一切，每一次任務，在努力達成後全艦官兵一起安返家園，即是上蒼賜予海上健兒最大的奇異恩典。只要轉個念，不如意與悲觀就能變成積極與樂觀，大家都上了寶貴的一課，也願獻上最誠摯的祝福。

——原載於《青年日報》（2013.1.24）

軍歌伴我巡航萬里

台灣海峽每年十月起，在東北季風吹拂下，總是波濤洶湧，六月至九月，除了颱風侵襲外，則是碧海藍天、波光萬頃。軍艦日復一日，在海上偵巡，保障周遭海域的安全，此情此景，正與〈忠義之歌〉的歌詞內容相符：「蔚藍的天空白雲片片，碧綠的海水雪浪濤濤，海上健兒志氣昂，披忠肝，瀝義膽，掀起了忠義熱潮……」，在海上唱起雄壯的軍歌，能讓辛苦與煩躁消失於無形。

艦艇官兵的生活總是十分繁忙，任務期間除了得克服大自然的挑戰，還有馬不停蹄的訓練與保養，艦上的官兵總是感覺萬般無奈與壓力沉重。戰訓本務不能廢弛，此時軍歌成了最佳特效藥。軍歌可以振奮人心，也可以撫慰傷痛的心靈，抒發思念故鄉與親人的情懷。

在對日抗戰時期的名曲〈戰場〉「『走！朋友！我們要為爹娘復仇。走！朋友！我們要為民族奮鬥……』」；〈松花江上〉「『我的家在東北松花江上，那裡有森林煤礦，還有那滿山遍野的大豆高粱……』」；〈杜鵑花〉「『淡淡的三月天，杜鵑花開在山坡上，杜鵑花開在小溪畔……』」，用心體會歌詞的意涵，歌譜中的每一個附點，每一個節拍，原來歌唱的趣味就在其中，軍歌激起了高昂鬥志。大家發現，嚴肅的、刻板的戰艦，也可以在音樂的旋律中，迎風巡航。

音樂可以轉化人們的心靈，軍歌更可以改變一支部隊、一艘軍艦的風氣，自從軍艦將軍歌競賽列入重要任務後，唱軍歌融入了日常生活，弟兄們的心胸比以前更開朗，對於辛苦的任務不再怨聲載道，取而代之的是彼此勉勵、相互打氣後的燦爛笑容，軍歌的每一句歌詞都提醒大家要成為真正的男子漢，唱過千百遍後，雄壯威武的軍人氣質早已深植心中。

保持歌聲宏亮，維持精神振奮，是參賽的重要元素，士氣則是推動大家勇往直前的燃料。總決賽時大家展現的是充滿信心的笑容，事實證明，未經專業訓練的阿兵哥，在苦練後也能唱出感動人心的優美旋律，不受繁忙的戰備任務影響，每當回憶起率艦勇奪競賽總冠軍的過往，儘管在多年後仍感到安慰。

海上航行中，與慷慨激昂的軍歌聲相伴隨，是一種很難得的經驗，主機規律的怒吼聲，與海風、歌聲形成共鳴，這是生涯中所聽過最美的和弦。讓理想與鬥志隨著海風起飛，一如〈艦隊隊歌〉寫道：「大風起，雲飛揚，中華猛士守海防；鯨波湧，巨浪狂，海軍健兒志氣昂……」，大家以身為軍艦的一份子為榮，樂於工作，能團結一心，這樣的經驗值得永久珍藏。

〈海上進行曲〉最後一段歌詞寫道：「……掌穩舵正前方，看國旗真美麗，隨風飄揚世界上，願神祝福你勝利航」，九年前參加軍歌競賽的回憶，

迄今仍歷歷在目，願當年所有的伙伴，如歌詞所寫，在人生的旅途中勝利凱旋。

——原載於《青年日報》（2013.5.14）

歲月夢痕

人生旅程

坐在左營往台北的高鐵車廂裡，窗外的馬路、樹木、河流、山脈及稻田迅速向後倒退。隔著車窗冥想，心情也隨著列車快速起伏，三百多公里的旅程不算太長，只消九十六分鐘，便可抵達目的地，對妻兒的思念卻很綿長，尤其是在穿上軍衣三十餘年後，仍須不停南北奔馳……

有人說：「人生苦短」，若將軍人的生涯切割成一段又一段的小旅程，在不同的單位或地方，擔任不同的職務，則是一整個很漫長的故事。有歡笑、有淚水、有酷暑、也有嚴冬，不斷考驗著意志力。回憶十五歲就讀預校那天，上午在桃園火車站，搭上往鳳山的專車，抵達學校已近天黑，將近十小時的車程，的確是段懵懂而遙遠的旅程。

回顧三十多年來的歲月，是一段又一段的旅程組合，從預校到官校，學校在高雄，家在遙遠的中壢，沒有所謂的周休二日，更沒有便捷的高鐵。在中山高尚未通車的年代，南來北往只剩火車，預校的零用金（薪餉）是有限的，只能搶搭平快車，每次休假都是痛苦的搭車記憶。最深刻的回憶，是在預校一年級時，差點窒息在如沙丁魚推擠般的車廂裡，陸軍官校的學長將座位讓給我，還請吃了一客鐵路便當，這個故事擺在心裡很久了，雖然始終不知道他的名字，然而學長愛護學弟的真情，卻在心中感念了三十餘年。

從預校到官校，返家的路始終很迢迢，儘管交通工具從台鐵的平快車升級為對號快、莒光、自強號或高速公路的灰狗巴士，面對的是永遠無法拉近的距離。畢業後擔任軍官，在假期有限的考量下，改搭北高航線的飛機，始終與家人有著時空的隔閡，原來軍人的生涯，就是一場時空交錯的旅程。

在軍艦上工作的十餘年間，曾隨艦到達各港口駐防，在海上偵巡的時間更長。歷經驚濤駭浪與海上的陰晴寒暑，這是一段汗水交織的驚奇冒險旅程，看過太平洋的壯闊，也看過龐大抹香鯨在海上跳躍。然而，真正的辛苦是在天上繁星的照耀下，繼續乘著軍艦，不知歸期是何時。

自學校畢業後，曾在外島服務過兩年多，在金門搭民航機往返不足為奇；在東沙搭乘的是空軍C-130運輸機，在沒有窗戶的座艙裡，聽著震耳欲聾的引擎聲，度過難熬的九十分鐘，難忘艙門開啟後，看見松山機場的興奮。充分印證，辛苦之後的快樂才是真正的快樂。

海洋監偵指揮部是個很特別的單位，服務期間常坐著軍車，巡視各高山站台，路途的顛簸自然不在話下。就在繞過一座座的山頭後，看見許多此生未曾見過的美景，甚至瀕臨絕種的台灣帝雉。當雲海與自己為伍，花香在路上相伴，旅程中的辛苦早已拋諸腦後。

人生是由一段段的旅程組合而成，對常年離家在外的人而言，感受尤其強烈。或許在旅程中有些小挫折，但可享受克服困難之後的成就感，法國大文豪雨果曾說：「我在憂愁時想你，就像在冬天時想著太陽；我在快樂時想你，就像在驕陽下想著樹蔭」，仔細思量這段話，想念的心無國籍之分。每個人的旅程目的地或許都不同，唯一不變的是，在返家的路上，永遠使人感到溫馨。

——原載於《青年日報》（2013.2.21）

單騎歲月

跨上單車，往河濱公園出發，喧囂的城市一如往昔，人們在人行道上快速行走，馬路上塞滿了大大小小的汽機車，坐在輕薄的單車上，顯得極為脆弱與渺小。當紅燈熄滅，綠燈亮起，一堆車子呼嘯而去，只留下一陣看不清的廢氣與騎單車的我。

從濱江國中附近的消防隊左轉，進入防洪閘門，顯然進入了另一個世界。看見一輛輛的單車，在眼前自在的馳騁，小朋友們在公園裡玩耍，人們的臉上滿是笑容，基隆河的水，緩緩流向士林區，101大樓矗立在東南方，松山機場的大飛機，不停在樓房後方的跑道穿梭起降。歡笑與美景，在眼前自然地融合，進入河濱公園，彷彿置身在台北市裡最安詳的地境。

喜歡騎單車，是在台灣開始流行的幾年前。經常利用假日，來回奔馳在河濱單車道中，在東方微亮的曙光中出發，徜徉在基隆河流經的內湖、大直，或穿過橋梁，進入人文薈萃的大稻埕，一路通往新店溪畔；有時從士林經關渡抵達淡水及八里，而社子島環島，觀賞基隆河匯入淡水河，也是一條美麗的路線。有了四通八達的河流，讓整座城市變得更有氣質，從河邊觀賞城市的五光十色，或陰晴變換，更是紓解壓力的良好途徑。

二〇〇九年十月，從國防部奉調至淡水服務，直到二〇一一年七月離職，沒想到單車成了最常用的交通工具，剛開始以汽車為交通工具；從淡水一路塞車至內湖的家，常常需要一個半小時以上，回家的路成為揮之不去的夢魘。因此，只要天氣狀況許可，便跨上單車，以減碳的方式上下班，三十二公里的路，讓肌肉獲得鍛鍊；兩個小時左右的行程，使心情得到沉澱，心靈也得到極大的滿足。

每次騎上單車，從淡海營區出發，經過曲折的河岸與人群，到紅樹林捷運站的後方，是一段極為艱苦的路程，由於單車道的規劃不完整，必須與行人及汽車爭道，再加上陡峭的上下坡路段，前面的十公里路，常在路途中與意志力拔河。所幸每次經過關渡的觀海公園後，心胸豁然開朗，平整的路面在眼前開展，這是一條舒適而愉悅的坦途。

上班的時候，總在清晨的四點多鐘出發，沁涼的空氣、早起的飛鳥和天上的殘星，經常由我一人獨享；不但享受著孤獨，也享受著高速。觀察夜間與日間的變換，是一種奇特的經驗，河水的顏色由黑色逐漸轉變為灰色，在朝陽的照耀下，又變為波紋滑動的金黃色。大直橋、三腳渡、百齡公園的清晨，不但有優閒的早起老人，也有悠哉的飛鳥，觀音山與淡水河是永遠看不膩的景致。我恣意享受著每一個動人的晨昏，直到單車上的碼錶，出現三千公里的累積里程，才發現內心早已融入路途上的一草一木。

除了動人的美景，在每次單車的旅途中，總有些不同的發現，在不同光線照射下的橋梁、街景或公園裡的草坪，總有特別的手采。最喜歡在北投焚化爐的下方眺望社子島，也愛在茂密的水筆仔上方棧道作短暫休憩，讓汗水溼透衣裳，迎接嶄新的一天。

在左營基地裡，重新跨上單車，筆直的軍區馬路，也能獲得暫時的舒暢，然而心中最懷念的，仍是台北的河濱公園。

懸念

今夜寒流來襲，氣象預報台灣北部將下降至攝氏七度，南部約在十二度左右，東北季風在左營基地颳起，艦上的旗幟與樹梢的枝椏迅速舞動著，海上的風自然更強了，一顆心懸在海上，在寒流肆虐的台灣北部海域……。

二千噸的救難艦，在海上如同渺小的葉子，老舊的主機，在寒風中發出怒吼。不難想像，二百餘呎的艦體，在巨浪中被高高抬起，重重摔下，艦艏沒入水中，艦艉的俥葉揚起，離水面時不停空轉，造成艦體的震動，舵房裡的舵手，仍須緊握舵輪，穩住預定的航向，駕駛台值更官及瞭望的士官，在劇烈的搖晃中隨時注視著主機與發電機轉數及溫度，即便是不當班的官兵，也在住艙搖擺與吵雜的環境中，想辦法休息……。

有一首歌的歌詞寫道「思念是一種很玄的東西，如影隨形……」，假如其中還夾雜著責任，思念的對象是海上的弟兄，複雜的情緒更使人夜不成眠，食不下嚥，特別是在冬天的夜晚，北風在窗邊呼嘯，發出尖銳的聲響，心在遙遠的大海上……

從左營至基隆，二百多浬的航程，搭高鐵只要一個多小時，開車也只需六小時，艦體老邁的救難艦卻要一天半以上。而台灣海峽的冬天絕非平坦舒適的旅程，儘管軍艦在發航前，已經完成各項檢查與預防措施，身在左營的艦隊部，心也隨著軍艦航向海峽，逆風而行，想像左高海域、澎湖水道、外傘頂洲、台中外海……，越向北走，風速越強的景況，在辦公室踱步，只希望心隨著軍艦，平安抵達目的地，當基隆港外協和電廠的三支大煙囪出現在眼前，就是伙伴們心中期待的仙境。

有人說「主官的壓力是自己建立的」，因為責任，才產生了壓力，海軍是一種特別的志業，而不是職業。將它當作職業，將會面臨無止境的挫折感，誰能比大自然更偉大呢？只有持續克服大自然的浪濤挑戰，才能造就偉大的水手，在有時數天、有時數個月的任務中，又需要過人的毅力與耐心。

依照往年的經驗，歷經猛烈的風浪，彷彿度過一場浩劫，在艦船通過防波堤、進入港口後，都迅速平息了，身體的不適也馬上恢復正常。不論走過再大的風浪，只要進入港口，便是艦船與水手最大的心靈慰藉。勇敢的水手，又何嘗在乎一次又一次的磨鍊。

接獲任務艦長平安抵達，人員、裝備狀況正常的回報電話後，放下懸在

空中的心，親手批示明日的任務派遣單，另一艘軍艦將從馬公返左營，還有數艘將出海操演，無止境的懸念，持續進行著，愛冒險的男孩，到海上去吧！擔任艦長時，掛念遠方的家人，無視自身的險境，勇往直前；在艦隊部裡，每天牽掛著海上的艦船，只要大陸高壓向南伸展，電視新聞總會提醒民眾注意保暖，捍衛海疆的勇士，只有自己提醒自己，為國珍重。

——原載於《青年日報》（2013.4.6）

士官長加油

部隊裡的士官長，可說是中堅分子。從教導新進士兵，協助軍官管理部隊，到保養及搶修重要裝備，沒有士官長，可就沒戲唱了。原因無他，士官長在單位待的時間最長，部隊裡有句話說：「流水的官、流水的兵」，官員有任期，士兵役期到了就得退伍，唯有士官，特別是士官長，才是部隊的骨幹。

假如軍旅生涯是一本故事書，士官長們就是書中的重要角色，將每一段小故事串連起來。筆者軍校剛畢業時，分發在艦艇上服務，而人是陸地上的動物，必須馬上適應海上的工作與生活，再加上長官的嚴格要求，壓力之大可想而知。此時，資深的士官長成了最好的老師與心理輔導員，把官階擺在一旁，快速吸收他們的經驗。直到今天，當派任一個從來沒待過的單位，都用同樣的方法，便能很快適應單位特性，對工作駕輕就熟。

在軍人生涯中所遇見的士官長，大致可分為三種，軍校剛畢業時，見過許多隨部隊南征北討的老士官長，經驗豐富，卻與年輕軍官有著觀念與年齡的重大隔閡。印象最深刻的，便是每當狀況危急時，總是由他們排除了重大故障，例如艦上的主機漏油、發電機冒火花、砲彈卡在砲膛中無法退彈等，原因無他，比起他們在戰時所見的生死交關畫面，故障只是一點小插曲。

第二種是士校畢業，在部隊中飽受磨鍊，歷經千辛萬苦晉升的士官長，其中原住民占了很大比例，樂天知命是他們的優點，想領導他們，卻必須用心，融入他們的工作與生活，簡單地說，只要把他們當成兄弟，就能為了任務出生入死，誠如孫子兵法中說的「視卒如嬰兒，故可與之赴深谿」。不論在荊棘叢生的山區開路，或惡浪滔天的海象中工作，筆者親眼見證了「勇敢」，沒有他們，很多任務無法達成。

至於現在部隊裡最年輕的士官長，便是士校停止招生後，由二專班畢業的士官長，與現代年輕人一樣，自幼倍受呵護，需要很長的時間去適應環境。原住民少了，冒險犯難的特質也大不如前，然而他們才是部隊未來的主人翁，看見他們的自我成長，也是服役多年最大的安慰。

在部隊裡多次擔任主官職務，最大的敵人是天候的挑戰，最大的困難是，必須一一解決人的問題，至於最大的幫手，當然是每個單位都有一群可敬可愛的士官長。他們不比軍官，只要夠努力，再配合機運，便可由尉官晉升至校官，甚至將官。在部隊精進士官制度的此刻，他們所要的，只是發自內心的尊重而已，可說是「只問耕耘、不問收穫」的最佳寫照。一直以「如兄如弟、如手如足」的基本態度，去對待部隊裡的士官長，也獲得「一聲令下、使命必達」的美好回報。

二〇一三年元旦，是第四次主持盛大的授階典禮，每次都感到與有榮焉，在緊握每一位晉任一等、二等、三等士官長的手後，有種莫名的激動。如同在機器上安裝了一支支重要的螺絲，忍不住在心裡說：「士官長，加油！我愛你們」。

榮民伯伯

「榮民」是榮譽國民的簡稱，這個名詞是從官校畢業五年後才了解的，當年是艦上的上尉副艦長，有一天，退伍再回役的士官長，酒後從口袋掏出一張榮譽國民身分證，告訴年輕的我：「你還不夠看，帶兵的經驗尚待學習……」，轉眼二十五年過去了，自己卻還沒成為榮民。

記得剛畢業的時候，是艦上的航海官兼隊長，五十歲的譯電士官長，沒經過我，而直接向艦長請了十天假，在發了一陣脾氣後，才知道他是年紀很大的長者，韓戰投誠的反共義士；另一次，艦砲在射擊時卡彈，狀況危急，老士官長在砲位上將故障排除；在海上失去動力，也是由最資深的油機士官長，讓艦船恢復動力，解除危機。從此之後，對於三位老士官長的怪脾氣——住在同一個艙間，各自做自己吃的飯，而不與艦上的官兵一同用餐，不以為意。因為他們正印證了「家有一老，如有一寶」。

隨著時代的演進，除了部隊裡的老士官長，退伍成為榮民外，以往年輕的軍士官，也在步入中年之際成為榮民。他們雖僅占台灣總人口的少部分，卻有著說不完的感人故事，從年代較近的一江山、大陳島戰役、八二三炮戰、九二台海戰役、還有「黑蝙蝠中隊」出生入死的動人情節。更多動人的故事是他們離鄉背井，在那貧窮的年代胼手胝足，成家立業，甚至有些在台灣孤獨終老。戰死沙場，馬革裹屍的軍人值得我們尊敬，而辛苦過一生的榮民，也值得大家欽佩。

逢年過節的時候，總會由政戰主任，或其他重要幹部陪同，帶著禮盒，探視單身榮民。位於左營的祥和山莊，住了許多單身榮民伯伯，傾聽他們的心聲，他們早已習慣清苦的孤獨生活，而沒有任何要求。環顧一、兩坪大的單身宿舍，全部的家當都擺在裡面。令人感嘆，在犧牲奉獻一輩子後，仍然一無所有的軍人，應當具有多麼高尚的情操。

一九九六年第一次進國防部服務的時候，台北捷運板南線尚未通車，中華路上還有一排木造房子，各式各樣的小店每天擠滿了人，其中老榮民是最重要的顧客，只要兩杯水酒、兩盤小菜，便能天南地北，聊著戰場上的故事、故鄉的親人。當年常常進入這些小店，總覺得特別親切，如今木造房子早已拆除，徒留回憶。

由於家住台北三軍總醫院附近，最近常發現醫院裡外有許多的榮民伯伯，望著他們佝僂的身軀，提著藥袋，努力邁出每一步。很難想像，他們半生戎馬的英姿，沒有他們，國家便沒有以往的安定，也沒有東西橫貫公路、中山高等重大建設；不少的老榮民，將一生積蓄，捐贈興學及弱勢團體，也有不少的老榮民，遭不肖人士詐騙洗劫，晚景淒涼……，不論如何，他們都是值得關懷的一群。

從家庭到部隊，經歷戰場的冶煉，成為街坊的老人，再成為醫院裡的老病號，與常人一樣，老榮民經歷著生老病死。美國麥克阿瑟將軍曾說：「老兵不死，只是逐漸凋零」。儘管今日的我，將成為未來的榮民，想起他們往日的貢獻，在路上遇見他們的時候，我仍願真誠地對他們說：「榮民伯伯，謝謝您，多保重」。

眷村口味

近年來，由於眷村改建，記憶中的大村子、小村子一座座拆除。有些土地變成十餘層樓的國宅，有些化身為民間建設公司所建的高級別墅或大廈，原本眷村裡的住戶都搬走了，老店也消失了，人情味更沒了。曾經有過若干記憶的人，想起往昔，只剩無限唏噓。

中國人最引以為豪的，除了悠久的歷史文化外，便是飲食的考究與多元性，其中最著名的算是粵、川、湘、蘇、浙等菜系，香辛、麻辣、軟嫩、酸甜的滋味，變化萬千、不勝枚舉。有些菜色講究刀工、火候及食材的挑選，程序之繁複，可說是吹毛求疵。每個人的口味，卻隨著生活習慣與成長背景，造就了不同喜好。

台灣地區自清末甲午戰爭後，由日本人統治了五十年，第二次世界大戰後，歸還中華民國，一九四九年國共內戰後，又有大批的部隊及各省籍的菁英，轉進台灣這座島嶼。隨著經濟成長，飲食文化更加提升，在最近兩岸交流頻繁的年代，大批的商人、觀光客奔走於海峽兩岸，更促進了飲食的複雜性。然而，台灣最特別的食物，除了台菜與夜市小吃之外，便是「眷村口味」的食物了。

由於先父是廣東人，先慈是台灣人，筆者從小在客家人聚居的中壢成長，最喜愛的食物卻是眷村的食物。中壢有一家著名的牛肉麵店，以往由五位老兵共同經營。小時候，領到長輩打賞的零用錢，總會悄悄存下來，再利用放學的時候前往享用，這是小時候最愛的一種眷村味。

國中畢業後，就讀預校三年，又念了四年官校，在一九七六年到一九八一年間，學校廚房裡大多是老兵，除了口味純正的饅頭外，不加糖的綠豆稀飯、粉蒸肉、麻婆豆腐、榨菜肉絲是最常見的菜色。習慣成自然，當年並不覺得特別美味，直到有一次，偶然在台北市仁愛路的館子裡，發現一模一樣的味道，才驚覺老兵所做的大鍋菜，特別值得懷念。

愛上眷村口味並非近年的事，念軍校時因為零用

金有限，經常到同學家作客，順便打打牙祭，而同學們大部分是眷村子弟。多次前往位於岡山的同學家，每次桌上的主角都是辣椒與煙燻臘肉，原來這就是典型的湖南家常菜。

這幾年在台北或高雄發現了幾家強調眷村復古口味的餐廳，前往品嘗後深得我心，店裡刻意布置老舊標語及眷村文物，再加上雄壯的軍歌，一再觸動著顧客懷舊的心靈，念舊的人加上熱情的老闆與伙計，令人吃出滿心人情味。

岳父是安徽來台的老兵，與岳父投緣也是在餐桌上。每次休假到岳父家作客，總會發現做菜者的用心，從遠赴台北各地蒐購食材開始，再加上長時間熬煮，做出濃郁的眷村味，韓劇《大長今》的對白說：「沒有了愛心，做出來的食物就不美味了」，在岳父的料理中，我吃出了愛心。

在物資缺乏的早年，眷村媽媽們發揮巧思，創造了許多特別菜色，養大了無數眷村子弟，如今他們多半都成了國家的棟梁、社會的中堅。最近在左營的偏僻巷弄裡，發現一家無名小館，裡面的菜色，除了飯、麵、餃子外，還有滷味、砂鍋魚頭、酸菜白肉鍋等，物美價廉。當「老爹」及嫂子將精心烹調的菜端上桌，從香味便可立刻分辨這是道地的眷村菜，入口後產生莫名的感動。

眷村口味，不若大飯店或大廚師所做的生猛帶勁，或精緻滿足，在嘴裡是種幸福的味道，有著滿滿的成長回憶。

從二兵到士官長

「小胖」是我的一個有緣朋友。

第一次見到小胖，是十幾年前的救難艦艦長任內。當年的義務役役期仍是二年，在一群登艦報到的菜鳥中，他顯得毫不起眼，與一般的新兵相同，眼神中充滿了恐懼與不安。從陸地轉到軍艦上生活，別說是新兵，依自己的經驗，就算是官校正期班畢業的軍官，都有一段很長的適應期，更何況在生活條件較差的年代。

新兵登艦報到後，必須重新學習艦上的共通性知識，通過幹部的驗收，只能算是完成了第一步。具備了基本常識，在艦上生活或航行，以確保個人安全無虞。一般人在三個月以上的期程中，方能完成專業性驗收——成為專屬部位的合格戰鬥員。而人是陸地上的動物，在一連串的驗收中，還得克服暈船與多日航行的困難，所以新兵登艦的辛苦程度，局外人很難想像。

記憶中的小胖，是緊張而守本分的新兵。雖然緊張，但能在規定的時間內，做完該做的事情，例如背誦共通性及專業性驗收資料，讓人很直覺地認為他很努力。在艦上文書室的工作，總是非常配合副艦長的要求，就算是連夜加班，也能依要求完成繁雜的文書工作。

航行及重要操演時，小胖是駕駛台電話手，艦上的頭戴式聲力電話，可以通聯機艙及艙面各部位。在燠熱的天氣中，戴著電話是件苦差事，而小胖總是不畏風浪，精準傳達艦長的每一道命令。從義務役士官轉服志願役士官後，這份工作延續了十二年，換了六任艦長，沒有人捨得將他換成年輕的水手。原因無他，每一位艦長都確信，命令能精準而迅速下達。雖然使用老舊但可靠的命令下達方式，但效果早已超越傳統戰機的液壓系統，如同新一代戰機的線傳系統，萬無一失。

筆者擔任艦長卸任的時候，小胖已晉升為義務役下士，從事文書室的帶班工作。曾經緊握他的手，感受他熱愛這艘軍艦的心情。時光荏苒，十餘年後在艦隊部重逢，小胖成了筆者的祕書，從嫻熟的車輛駕駛技術來看，他已成長，但一再疏漏的事實，卻顯示仍在努力學習，雖然仍如以往般粗枝大葉，但磨鍊後已逐漸成熟。

在一艘老舊的救難艦上連續服務十餘年，是件不容易的事，除了任務繁重，四處漂泊外，還得忍受不佳的生活條件，儘管經過多位艦長領導，筆者仍是他心目中最好的的艦長，差堪告慰。

二〇一三年元旦的授階典禮上，親自抽下小胖的袖套，他已晉升士官長，筆者高興地笑了，他卻感動得熱淚盈眶，軍隊的磨鍊讓他成長，看著一個曾帶過的二兵成為士官長，心中有種筆墨難以形容的喜悅，也願永遠祝福他，值得一提的是，憑著個人努力，他也運用軍中的在職進修方式，取得大學文憑。

這是小胖的軍中成長故事，在三軍各部隊也許有更多的小胖，胡適先生曾說：「要怎麼收穫，先那麼栽」，這是永遠不變的真理。

覆旗

青天白日滿地紅的旗幟，是我們的國旗，迎風飄揚在機關、學校或許多國內的建築物上，也懸掛在每一艘軍艦的艦艉，非常美麗。當重大慶典時，馬路邊及群眾手上形成一片旗海，染紅了大地，平添歡樂氣氛。大多數的國人都愛國家，也愛我們的國旗，總在適當時機，向她行最敬禮。

記得念海官二年級時，得輪流擔任升旗手的職務，捧著國旗的雙手必須打直，不可懈怠，假如國旗不慎接觸地面，將引來學長最嚴厲的斥責與處罰，算是學生時期難忘的回憶。換個角度來看，軍校學生對國旗的尊重，不但要發自內心，也表現在行動上。

世上各國的軍人，大部分能用生命去保衛國家安全，用旗幟表示疆域或主權的存在。例如太平洋戰爭中有名的「硫磺島爭奪戰」，五名美國陸戰隊員在槍林彈雨中，將國旗插在摺缽山頭，被攝影記者拍下，永世流傳。對日抗戰時，也有女童軍奮勇將國旗送至四行倉庫的動人故事。而戰死沙場的軍人，用國旗覆蓋在棺柩上，光榮返國，在許多電影中一再上演，象徵勇敢軍人的生命，與國旗連接在一起，既榮譽又悲壯。

從軍是一種特殊的志業，從穿上軍服起，便與榮譽心、責任感以及愛國情操結合，念茲在茲。平時奉獻自己的青春歲月，戰時更必須以性命去保衛國家；即便退伍返鄉，在骨子裡仍保有軍人的血統及氣概，誰在乎軍旅生涯中曾遭逢的困難與危險？等一切的經歷都成追憶，留在心中的，仍然是同袍相互扶持，達成任務的光榮印記。

參加過多次喪禮送行，不論是現役或退役軍人，將勳獎章陳列在會場，代表往年對部隊的付出，一紙旌忠狀，表達了國家對他們一生貢獻的感謝。即使人生到了盡頭，軍人也該光榮地謝幕，觀禮的人除了感嘆人生無常外，緬懷死者生前功蹟，恐怕是最觸動人心的過程。

擔任覆旗官，則是極嚴肅的工作，隨者司儀「執旗——展旗——覆旗」口令，將美麗的國旗覆上，身為軍人內心澎湃不已。軍人最光榮的一刻在此時，卻只能讓後人目睹，典禮雖短暫，精神卻永恆，無法用價值去衡量。

國旗是國家的象徵，覆旗之於軍人，是最完美的結局。

——原載於《青年日報》（2013.3.29）

記憶裡的左營

早年離家就讀預校，是在遙遠的高雄鳳山。由於鳳山是陸軍的大本營，鄰近的陸軍官校與步校，出入的都是身著綠色軍服的大學長，因此對海軍沒有任何概念。第一次到左營，是罹患中耳炎時，到同學的舅舅家（耳鼻喉科診所）看診，對於筆直的左營大路與寬廣的軍校路留下極為深刻印象。

進入海軍官校就讀後的三十多年間，不論是學生時期，或畢業分發至艦隊服務，受訓、洽公、休假、訪友、都與左營發生了密切關聯。左營軍區的外圍，是由十數個大型眷村所包圍；蓮池潭的周邊，是一般民眾的聚落，以說閩南語的台籍民眾為主，在兩者融合之下，發展出特殊的地方特色。

記憶中的左營，是位於高雄市濱海角落的特別地方，軍人比百姓多，眷村比民房多。每當傍晚或假日時分，艦上的「放假班」開始放假，左營的街上便湧現了一大群穿著軍服的阿兵哥、海軍官校學生。軍校路的尾端，是條狹窄的巷弄，又稱「後街」，人聲鼎沸，像極了古裝劇中的熱鬧市集。念官校一年級時，沒有周休二日，假日出特別操「打鳥」是常有的事，假日結束前出校門，匆匆趕到後街，吃碗小米粥及蔥油餅，外加一碗冰，已是極大享受；在飛彈快艇擔任中尉艇附時，放假改到後街中的羊肉老店，一杯生啤酒，外加一盤炒羊肉，也能撫慰離鄉遊子的心情。今日的左營後街，早已改為寬闊的馬路，阿兵哥也隨著部隊精簡而大幅減少，看著冷清的老地方，令人不勝唏噓。

往年的眷村，是左營最具代表性的聚落，眷村裡有很多小吃店，賣的是純正眷村口味。既便宜又美味的食物，在眷村裡等著有心的人發掘。當眷村逐年拆除改建後，取代的是一棟棟待價而沽的洋房，人情味沒了，美好的食物也消失了。當老兵逐漸凋零，第二代、第三代紛紛住進了不相往來的大樓，但眷村裡雞犬相聞，互相關懷的特質仍然值得懷念。

軍人生涯中，在左營基地服務，或軍艦在左營軍港停泊的時間雖很長，休假總是匆匆

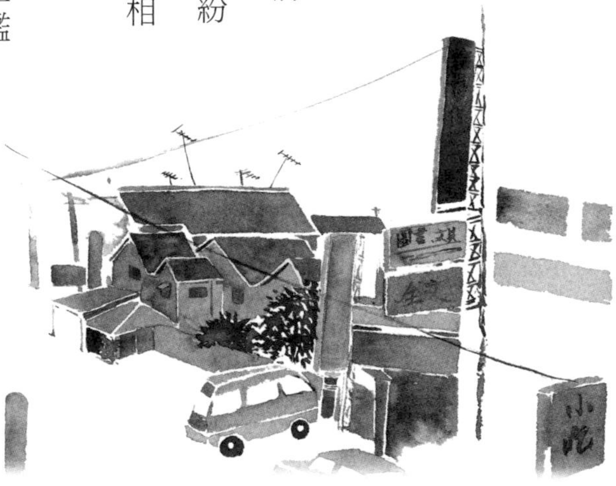

趕回台北的家，對於伴我成長的左營，仍停留在走馬看花的階段。兩年前到南部出差，才算是三十年來第一遭，繞蓮池潭走一圈，古樸的春秋閣四周，早已被五光十色的燈光，以及豪華的廟宇所取代。附近老兵所販售的皮薄、餡多的可口包子，早已不見蹤影。只有舊城的古牆仍在，見證著時代演進。

經過高捷「世運」一站，列車快速通過高架橋，過去的軍營變成了大型運動場，附近的高鐵站與百貨公司，象徵繁榮與發展。望著年輕時所沒有的產物，驚覺自己已年過半百，年輕學生或軍官在左營留下美好的成長回憶，只能在夢中追尋。

記憶中的左營，有著美好的成長回憶，只願回憶如同重要檔案，永久保存。

——原載於《青年日報》（2013.3.9）

踏破兩雙鞋

左營軍區是位於台灣南部的大型海軍基地，集軍港、機關、訓練場及軍事學校於一地。幅員遼濶，有椰林成蔭及寬廣的馬路，也有一望無際的草原，卻沒有城市的喧囂與車水馬龍景象，在這片與世無爭的土地上，只有官兵與軍艦，日以繼夜繁忙工作，還有無價的海風與陽光，恣意揮灑與點綴著屬於青春的時光。

在軍區的馬路上，很難得遇見一輛汽車，當然是絕佳的運動場地。由於筆者膝蓋的經年磨損，多半選擇快走，作為最方便也最廉價的運動。在左營基地服務近一年半，日行萬步是最基本的運動量，每逢假日，行走二小時更是司空見慣的事，喜歡在基地內快走，除了享受迷人的風光外，可以冥想及消除壓力是最重要的理由。

從位於軍港東北角的艦隊部出發，身著輕便的運動服，除了緊急聯絡的手機，身上沒有其他財物，軍區就像自己家中的廣大庭園，這是一種全然放鬆的歸屬感。自從上級要求體能訓練後，各部隊的運動風氣相當興盛，每天下午四點鐘後，軍區馬路即充滿活力，由南到北，由港區到最遠的防波堤，滿是投入運動的官兵。

最喜歡在傍晚時分，邀集同事在軍區馬路上快走。以能繼續說話的速度，研究部隊裡待處理的工作，抒發心中的想法，常常將快走期間的討論結果付諸實行，往往能獲得最佳結果，比在會議室中討論更有效。伴隨著清風與夕陽，讓思緒特別清晰，沿著馬路一遍又一遍走著，看著路旁的樹木迎風搖曳，整齊的椰子樹、龍柏、樟樹、就如同加油的啦啦隊；失去威力的陽光照在臉上，讓汗水灑在柏油路上，深深呼吸，也讓身體中的廢氣排放在每一段路程中。從港區步行至軍區，由海邊走到每一個角落，竟已完全遺忘路途遙遠的疲憊。

年輕的時候，最痛恨基地的幅員廣大。每次洽公、休假、上課都必須克服交通問題，在汽車很少又禁騎機車的年代裡，交通工具只剩單車或萬能的雙腳。走過千百回後，才了解基地最可貴的地方，就是它的遼濶，因為寬廣，才能容納艨艟的巨艦，因為無邊無際，才能培養開濶的胸襟。以往去過夏威夷的珍珠港，更大、更多的軍艦停泊在基地裡，占地廣大的基地，似乎也是一種力量與安全的象徵。

不停地快走，發覺自己逐漸愛上這種特別的寧靜。夏天的傍晚，伴著夕陽行走；冬天假日的午后，陪著冬陽行走；工作忙碌的時候，披星戴月也能行走。天空中偶爾編隊飛過的鳥兒，或港內突然躍起的魚兒，都成了路程中的驚喜。

半年多以前，走壞了一雙球鞋。再度檢視每天陪我行走的另一雙「新鞋」，鞋底幾乎磨損殆盡。「一步一腳印」，形容一個人腳踏實地，努力做好每件事。而在漫長的快走路程中，雖然沒能在軍區基地的柏油路上留下腳印，卻很明確了解，自己努力地過活著。而球鞋的PU鞋底，早已化作塵土，飛揚在這片廣大的土地上。「踏破鐵鞋無覓處，得來全不費工夫」，只是抽象的形容詞。踏破兩雙鞋，卻是努力的見證，也在心中留下永遠的記憶。

——原載於《青年日報》（2013.6.2）

布達交接

一艘艦船中最重要的職務非「艦長」莫屬了，在商船稱為「船長」，在漁船則稱為「船老大」，當一艘艦船遠離港口或基地，便形成了一個與世隔絕的小社會，工作及生活必須維持一定的紀律與秩序，才能達成各種艦船的不同任務。因此，艦長的責任重大，而艦長任期屆滿的布達交接儀式，更是艦上的重要事件。

每一位海軍官校畢業的軍官，分發艦隊服務後，都會發覺「艦長」是一項至高無上的神聖工作。既為一艦之長，必然是一諾千金，獨自肩負航海、輪機，作戰及士氣維持於一身的重要人物。因此，絕大多數的海軍軍官都想當艦長；當充滿榮譽感的艦長第一次站上駕駛台，卻發現等者挑戰他意志的，除了外在的天候，海象因素外，還有艦上官兵的一雙雙疑惑眼神。

當艦長自己好不容易克服恐懼與壓力，率艦完成一次又一次海上任務後，卻發覺義務役的士兵，很快便退伍返鄉，志願役的官兵也經常性輪調，艦上的能量不易維持，於是航行時夜不成眠，經常裹著大衣，在駕駛台陪著值更官兵，度過一次又一次辛苦的夜晚。在人性化管理的要求下，官兵都能按時休假，自己卻只能選擇犧牲，老是躲在寢室的角落，用電話與家中的妻兒傾訴繁忙工作後的無奈。

在艦長的全任期中，風險與壓力是如影隨形的伙伴，不論是大小不同任務，或在任何海象條件下進港靠泊，都有鬆了一口氣的感覺，但這樣的感覺，很快在下一次執行任務前消失，這就是擔任艦長與官兵最不一樣的感覺。

當任期屆滿，接獲調職令時，卻又萬般不捨，曾經朝夕相處的軍艦與官兵，離開軍艦時，心情就像卸下千斤重擔，如果有人問筆者，當艦長的感覺是什麼？簡單地說，即是緊張、壓力、冒險、不捨及卸下重任。這幾種極端的總和，但卻得到了心靈的磨鍊與成長。只要海軍的軍艦仍在，同樣的感受及令人心酸的故事仍舊一再重複上演，也是老海軍們最感慨的心情。

艦隊長的近兩年任期中，有幸主持了多場布達典禮，從老艦長的眼神中，總是看到掩不住的興奮，即將交出重責大任。依過來人的經驗，興奮的感覺只能維持到當天太陽下山為止，當黑夜來臨，又很快被懷念的感傷所取代；新艦長的感受，則是惶惑夾雜著雀躍，坐在艦長室裡，壓力已如排山倒海，傾洩在肩山，這是海軍的特殊感覺。陸軍的戰車、空軍的飛機，都不比海軍的軍艦，吃、喝、睡、工作……都在上面，休戚與共的感情，只有海軍的艦長最明白。

隆重的布達交接典禮中，艦長的夫人也許是最值得尊敬的人，有了她們的付出，才使得艦長們無後顧之憂，勇敢迎接挑戰。發自內心，表達感謝她們的付出，是每次布達交接典禮中最動容的時刻，老艦長胸前所配掛的獎章（任期屆滿獲頒），僅僅是空洞的表象，軍人心目中最偉大的屏障仍是軍眷，最珍惜辛苦的日子裡，相互扶持的幸福。

與名嘴的邂逅

冬天的大清早，一個人在台北市羅斯福路疾行，路上只有少數的汽車與行人，走進便利商店點了一杯熱騰騰的咖啡。端在手上啜飲著，望著杯子裡冒出的白色煙霧，空氣似乎在街角凝結了起來，天冷，再加上緊張，心情彷佛凍結在冬天的台北清晨。

接受電台現場專訪，是相當難得的機會，從專訪前兩天接獲通知，心中便充滿了問號，主持人會聊些什麼？敏感的議題能不能回答？身為軍人，要怎麼說才得體，由於資訊不足，又缺乏接受訪問的經驗，心中甚為忐忑不安，想起以前在國防部服務時，常到立法院與委員座談，自己預擬問題，設想周延的答案，可能是唯一的辦法。軍人不能打沒有準備的仗，對口才辨給的「名嘴」更不能疏忽。

唐湘龍先生是國內知名的廣播節目主持人，他看完《迎風巡航》——屬於海軍艦隊的許多小故事後，決定邀請作者——現役的海軍軍官接受採訪，讓筆者有對著麥克風說話，並同步向國內聽眾發送的機會。主持人是軍人子弟，與穿了三十多年軍服的筆者一見如故，由於年齡相近，對兒時的回憶也相同，進錄音間之前，相談甚歡。

在台灣經濟剛起飛的年代，軍人的待遇不佳，就讀軍校需要極大的勇氣與刻苦精神。主持人最大的疑問便是筆者怎能忍受多年的不自由，將青春全都奉獻給了部隊及艦隊，為什麼不願脫下軍服？只有一個理由，執著。因為執著理想，努力實現，讓生命更加精采；也由於堅持到底，讓自己不斷成長，各行各業不都是如此嗎？假如立定志向，上至大老闆，下至販夫走卒，各種行業都有一定程度的不自由，主持人對上述的答案甚表認同。

軍人平常都在忙些什麼？藉著各式訓練提升戰力，戰備整備，使軍艦（機）及武器裝備發揮效能，達成保衛國家的使命，身為海軍軍官，我願意用生命去保衛國家，主持人聽完表示安心了不少。既然軍人平時操作的是武器，為何持續搖著筆桿寫文章？傳承是最大的理由，把軍旅生活經驗，工作體認寫下來，能鼓舞士氣，能傳播理念，還可陶冶性情，使自己在急躁時穩定下來，與國軍為何需要《青年日報》的原因相同，文武兼備的青年，正是軍中最需要的人才。

軍人的工作性質特殊，必須在天空、海上巡弋，也要戍守高山、外島陣地，更要在民眾身陷苦難時投入救災。二十四小時待命的工作，使許多軍人不常回家，由於眷屬的支持，才能在工作崗位上努力不懈，對於在收音機前聆聽的妻兒，筆者表達了感謝，所有的三軍同袍不正是如此嗎？軍人的親情與愛情，有一種特別的元素，必須親身經歷，才能體會其中的不平凡。

為什麼年僅十五歲的國中畢業生，就投考預校，忙著投身軍旅？是因為功課不好嗎？筆者很嚴正地告訴主持人，當軍人是一種志向，是神聖的事業，絕非功課不好。不能用現實的利益，去衡量念軍校的價值。假使國家多了些傻瓜，能長治久安，很多人願意去當傻瓜。

對於海軍官兵如何克服大自然的考驗，去完成任務，軍艦用什麼方式去保衛海疆，以及海上工作的甘苦，筆者作了一番闡述，其他如人才招募等與民眾有著密切關係的事項，乘機打了廣告，就在口沫橫飛之際，訪問的時間到了，相信聽著收音機開車的上班族都聽見了，在公園打太極拳的朋友也聽到了，想起訪問的過程，值得永久回味。

由軍人子弟訪問軍人，是段有趣的邂逅，短短數十分鐘的訪問，讓素昧平生的兩人，暢快交換意見。不得不佩服唐湘龍先生的健談與節奏掌握，正所謂「行行出狀元」。步出電台，走在台北街頭，不禁告訴自己，對於十五歲迄今的選擇，絕不後悔，我以軍人的志業為榮。

離職

清晨六時，碼頭上各艦紛紛響起急促的起床號音，迎接一天的開始，隨後是集合唱軍歌、做操以及晨間運動的口令聲、早餐前的口笛聲、試驗警報器……，每日周而復始，在充滿活力的左營軍港裡工作，沒有理由偷懶。直到有一天起床，發現耳邊不再是熟悉的軍艦廣播聲，而是吵雜的汽機車噪音，才驚覺已經離開伙伴們越來越遠了。

在筆者的軍旅服務經驗裡，不斷調整職務是必要的歷程，讓大部分的軍官，在一定程度的壓力下，迎接新挑戰，保持成長。從艦艇調至陸地，從本島到外島，每次到職或離職，都有一些不同感受，年歲漸長，竟對離職產生莫名的恐懼。也許是感情越來越脆弱，腦海中再也承受不了太多思念與感傷。

從任期屆滿開始，同仁們紛紛開始打聽筆者離開的日期，以及新任主官的姓名、領導風格、個性、脾氣……彷彿是生活中最有趣的話題。其實，只要努力盡好本分，心胸坦蕩，又何必在乎長官的個性。

用心去關懷生活在一起的伙伴，包含解決工作上的困難與日常生活照顧，是領導成功的必要條件。而領導是否獲得人心，在離職前可充分印證，與伙伴們說好了不能花錢購買紀念品，也不准許藉機安排不必要的飲宴，只要留下美好的記憶與懷念。雖然早已聽說快離職了，而人事命令卻遲遲未能發布，大家只好私下偷偷進行相關準備。

在離別茶會的場合裡，才發現大家真的用心準備了很久。會場播放了一片很特別的光碟，每個單位、每艘屬艦都邁力演出，說出內心的話，有懷念、有感謝和祝福，更有前戰隊長，派駐法國後，從巴黎捎來的感言。現場的感動，使人熱淚盈眶。離開後在家反覆播放，一遍又一遍，激起內心最深處的思念與感傷。

曾經帶著大家，從谷底慢慢爬升，也曾在多次的危機處理中，攜手克服困難，解決眼前的問題，設想未來的做為。還記得生日的時候，收到一張特大號的生日卡，寫滿一百多人的祝福；除夕夜幾百人聚在一起搞笑，共度最想家的時光。

回想筆者在艦隊部服務的時光，每晚為航行中的艦艇禱告，所幸獲得天主保佑，一切平安；用寫稿來排遣寂寞，打發許多留守的孤獨夜晚，竟完成

了這本散文集《海濱散記》。伙伴們在日後看見這篇文章，能想起以往共同奮鬥的過程，珍藏這段共同的回憶，即是大家心中最大安慰。

儘管有再多不捨，終有離別的一天。離職前幾天，經常在辦公大樓與軍港碼頭間來回踱步，只想多看幾眼，曾經共處一年八個月的伙伴們、艦艇以及院子裡的一草一木。緊緊握著每位伙伴的雙手，該忍住離別的傷感。今年冬天，季風仍會從北面吹來，大家還是必須勇敢地出港，完成每一項任務，只願大家都平安度過每一次挑戰，將共同打拚的歲月夢痕，留在心底慢慢回味。

卷尾語

海洋文學是值得深入開發的領域，海洋是生命之源，所有動物的祖先都來自海上。現今在海上生活的人，以漁夫、船員、海軍官兵三大類為主。本書描述海上及海濱的生活與美景，多彩多姿。歸納而言，是一連串的奇幻冒險，希望朋友們都喜歡。

國家圖書館出版品預行編目資料

海濱散記／丘樹華著．--初版．--台北市：幼獅，2013.08
面；公分. --（散文館；5）
ISBN 978-957-574-919-4（平裝）
855　　102012619

·散文館 005·
海濱散記

作　　者＝丘樹華
出 版 者＝幼獅文化事業股份有限公司
發 行 人＝李鍾桂
總 經 理＝王華金
總 編 輯＝劉淑華
主　　編＝林泊瑜
編　　輯＝周雅娣
美術編輯＝吳巧韻
總 公 司＝10045台北市重慶南路1段66-1號3樓
電　　話＝(02)2311-2832
傳　　真＝(02)2311-5368
郵政劃撥＝00033368

門市
●松江展示中心：10422台北市松江路219號
電話：(02)2502-5858轉734　傳真：(02)2503-6601
●苗栗育達店：36143苗栗縣造橋鄉談文村學府路168號（育達商業科技大學內）
電話：(037)652-191　傳真：(037)652-251

印　刷＝崇寶彩藝印刷股份有限公司
定　價＝250元
港　幣＝83元
初　版＝2013.08
書　號＝986258

幼獅樂讀網
http://www.youth.com.tw
e-mail：customer@youth.com.tw

行政院新聞局核准登記證局版台業字第0143號

幼獅文化公司／讀者服務卡／

感謝您購買幼獅公司出版的好書！
為提升服務品質與出版更優質的圖書，敬請撥冗填寫後（免貼郵票）擲寄本公司，或傳真（傳真電話02-23115368），我們將參考您的意見、分享您的觀點，出版更多的好書。並不定期提供您相關書訊、活動、特惠專案等。謝謝！

基本資料

姓名：……………………先生／小姐

婚姻狀況：□已婚 □未婚　職業：□學生 □公教 □上班族 □家管 □其他

出生：民國……………年……………月……………日

電話：（公）……………（宅）……………（手機）……………

e-mail：……………………

聯絡地址：……………………

1.您所購買的書名：**海濱散記**

2.您通常以何種方式購書?：□1.書店買書 □2.網路購書 □3.傳真訂購 □4.郵局劃撥
（可複選）□5.幼獅門市 □6.團體訂購 □7.其他

3.您是否曾買過幼獅其他出版品：□是，□1.圖書 □2.幼獅文藝 □3.幼獅少年
□否

4.您從何處得知本書訊息：□1.師長介紹 □2.朋友介紹 □3.幼獅少年雜誌
（可複選）□4.幼獅文藝雜誌 □5.報章雜誌書評介紹……………報
□6.DM傳單、海報 □7.書店 □8.廣播（　　）
□9.電子報、edm □10.其他……………

5.您喜歡本書的原因：□1.作者 □2.書名 □3.內容 □4.封面設計 □5.其他

6.您不喜歡本書的原因：□1.作者 □2.書名 □3.內容 □4.封面設計 □5.其他

7.您希望得知的出版訊息：□1.青少年讀物 □2.兒童讀物 □3.親子叢書
□4.教師充電系列 □5.其他

8.您覺得本書的價格：□1.偏高 □2.合理 □3.偏低

9.讀完本書後您覺得：□1.很有收穫 □2.有收穫 □3.收穫不多 □4.沒收穫

10.敬請推薦親友，共同加入我們的閱讀計畫，我們將適時寄送相關書訊，以豐富書香與心靈的空間：

(1)姓名……………e-mail……………電話……………

(2)姓名……………e-mail……………電話……………

(3)姓名……………e-mail……………電話……………

11.您對本書或本公司的建議：

廣　告　回　信
台北郵局登記證
台北廣字第942號

請直接投郵　免貼郵票

10045　台北市重慶南路一段66-1號3樓

幼獅文化事業股份有限公司

請沿虛線對折寄回

客服專線：02-23112832分機208　傳真：02-23115368

e-mail：customer@youth.com.tw

幼獅樂讀網http：//www.youth.com.tw